徳間文庫

植物たち

朝倉かすみ

徳間書店

目次

にくらしいったらありゃしない

【コウモリラン】正式名称　ビカクシダ

他の樹にくっついて生きていくタイプの植物っていうのがあって、コウモリランもそういう性質を持ってる。着生と寄生の2つに分かれるんだけど、寄生はくっついた樹の養分を吸って生きていくもので、着生っていうのは、ただその樹に「くっついている」という感じ。コウモリランは着生タイプ。見た目の違う2つの葉っぱが特徴的で、それぞれ「胞子葉」と「貯水葉」っていうその名の通りの機能に分かれて同居してる。大人になったら胞子葉の裏に胞子のうができて、風に飛んで吹かれていく。

——フェリシモ「世界を旅する緑の定期便」リーフレットより（文・西畠清順）

4679. ビカクシダ
[日本名] 麋角羊歯という意味で叉状に裂けた葉の形が麋（ビ）すなわちオオシカの角に似ているからである。

——『新牧野日本植物圖鑑』牧野富太郎著、北隆館

トンカツの下ごしらえを済ませ、さち子はテレビに目をやった。画面の時刻を確認する。十八時四十二分とある。もうすぐ山本くんが帰ってくる。

銅の打ち出し寸胴(ずんどう)鍋のふたを取り、においをかいだ。その前に、ふんわりと湯気を浴びた。カレーは湯気まで黄土色(おうどいろ)のような気がする。昨日の夜に仕込んでおいて、火を止めたりつけたりしながら、煮込んだカレー。山本くんの大好物。ルーは市販ものだけど、三種類を混ぜ合わせた。隠し味はニンニク、りんご、ウスターソースを少しずつ。ふだんはゆで卵を添えるのだけど、お給料日だからカツカレーにするつもりだ。山本くんはきっとよろこぶ。

鍋の火を止め、台所の窓から外を見た。

七月。空は紫みの青に染まっていた。そこに月が浮かんでいた。薄く切った大根みたいな、ちいさな月だ。雲にはまだ夕日が照り映えていて、雲のかたちがはっきりと分かる。

バス停からさち子の家までの一本道は、薄い藍色につつまれていた。あの道を歩いて、山本くんが帰ってくる。胸を張って。大きな歩幅で。しっかりとした足取りで。ゆうゆうと腕を振って。

あたしはあと何年、こうして山本くんの帰りを待つことができるのだろう。

さち子はため息をもらした。

あと、もう何年くらい、こうして元気でいられるのかしら。

そんなことをふと思ったのだ。すぐに両の貝殻骨をくっつけて、背筋を伸ばした。少し慌てて、引き出しからグルコサミンのサプリメントを取り出す。三粒、口に入れ、手で受けた水道水で流し込んだ。きょうのぶんを忘れるところだった、と苦笑いしたあと、もしやボケの前兆では、とわずかにひるむ。

いやいや、まさか。ほんとにボケていたのなら、飲み忘れに気づかないはず。

そう思い直す間もなく、実はもう何度も飲んでいたりしてという新たな不安が胸をよぎったのだが、考えすぎ！　と一蹴した。そうよ、考えすぎがいちばんよくないの、と自室に移動する。姿見の前に立つ。初めて会うような心持ちで自分を見てみた。

ゆるいウエーブのついた白い髪の毛。茄子紺のサマーセーターに、同系色の小花模様のフレアスカートを合わせている。スカート丈はふくらはぎの中ほどだ。干した大根みたいな質感のなまっちろい素足に紺色のソックスをはいているこの女。

さち子は姿見に映った三人の女を等分にながめた。さち子の姿見は三面鏡なのである。

どの女もすまし顔を決め込んでいた。真ん中の女は、歳より若く見えるでしょう？　と言った。左の女は、無理な若づくりなどしていないでしょう？　と眉を上げた。そうして右の女は、結局、何歳なのか分からないんでしょう？　と笑いたそうにした。

そうね、というふうにうなずき、さち子はお腹を引っ込めて横向きのすがたを映した。贅肉はついているものの、見苦しいほどではないと安心し、鏡に近づく。肌つきを確認する。

皺もシミもたるみもあるけれど、生きてきた長さを感じさせるだけで、みにくくはない。そっとほほえむと、顎のちいさな丸顔にいきいきとした輝きが付与された。それはさち子のもっとも得意な表情だった。健康で、上品で、かわいらしくて、おばあさんはおばあさんなんだけど、面と向かって「おばあさん」とはとても言えない素敵なひと、と、他人はきっとそんな印象を持つはず、と思い、ずいぶんとまあ、しょってますこと、と肩をすくめた。

白内障の気があるので黒目はちょっと白濁しているのだけれど。嬉しくも悲しくもないのになぜか涙がにじみ出ちゃうんだけど。部分入れ歯だけど。しょっちゅう、むせちゃうけど。関節も少し痛いけど。

うぬぼれをからかうように、胸のうちで舌をちょっと出してから、うん、でも、七十一にしては元気なほう、とつぶやいた。もろもろ衰えていないほう、と口紅を手に取る。

わりあい濃い色を唇にのせ、ティッシュでおさえてから、もう一度塗る。白い頭には赤い口紅がよく似合う。ただし、さち子が塗ったのは、真っ赤っかのほうではなかった。それはお出かけ用なのである。家にいるときは、もうちょっとおさえた赤にしている。

「イー」の口をして、歯についた口紅をティッシュでぬぐっていたら、ドアホンチャイムが鳴った。山本くんが帰ってきた。さっそく「ただいま」と声を張る。

山本くんの声は高くも低くもなかった。ヌメ革を撫でているような感触がある。しっとりと濡れていて、耳にここちよいのだが、冷たいのか、あたたかいのか、よく分からない。

「ただいま」

玄関まで出迎えたさち子に山本くんが再度言う。

「おかえりなさい」

　さち子が答える。

「きょうはね、カツカレーにしたのよ」

　と言うと、山本くんは「やったぁ」と顔をほころばせた。

　童顔の彼は、笑うともっと幼くなる。なのに、からだつきは堂々としたものだ。肩幅は広く、胸板は厚い。それでもまだ成熟しきっていない印象があるのは、細めの首と、引き締まっていながら弾力のありそうなお尻のせいだとさち子は思う。

「ごはんの前にお風呂、入っちゃう？」

　靴を脱ぎ、鼻歌を歌って、ひとまず自室に向かう山本くんの後ろすがたに声をかけた。

「うん、そうする」

　山本くんは首だけで振り向いた。ぱっちりとした目でさち子を見る。長めの睫毛にふちどられた、きれいな白目に、濁りのない黒目。

　さち子は山本くんの目を見るたび、無垢という言葉を胸に浮かべる。同時にからっぽ、という言葉も浮かぶ。こんなにりっぱなからだつきの若い男の子なのに、いま、この目で見ているのに、実体がないような気がする。いや、実体だけがあるというべきか。山本くんという名の、ようすがよくて、機嫌のよい、若い男という実体なら、ありあまるほどあるのだから。

山本くんがお風呂に入っているあいだ、夕飯のしたくをした。カレーをあたためなおし、トンカツを揚げ、トマトを切って、レタスをちぎる。山本くんはカラスの行水である。彼がお風呂から上がる時間に合わせようと、さち子は夕食の準備を急いだ。やさしい微笑を頬に浮かべ、手を動かす。

湯上がりの山本くんは、いつものように、ほかほかとした顔つきで食卓につき、箸を取るだろう。おいしい、おいしい、とよろこびながら、さち子の手料理をたいらげるはずだ。さち子はそんなに食べない。山本くんの食べっぷりを見ることが、さち子にとってなによりのごちそうなのだ。

後片付けを終え、山本くんとテレビを観る食後のひとときもまた、ごちそうだった。ソファに並んで腰かけて、お茶を飲んだり、お菓子を食べたりしながら、「へえ」とか「ふうん」とかめいめいつぶやいたり、「おもしろいね」とか「まあ怖い」とか言い合ったりしながら、ニュースやその他娯楽番組を観る。

十時前には床につくさち子に合わせて、山本くんも自室に引き上げる。リビングの照明をぱちんと消して、「おやすみなさい」と言葉をかわすことも、さち子にしてみたら、むろん、ごちそうである。

おいしいものの、おいしいところだけをつまんでいるようだった。いくら食べてもお腹がくちくなることはなかった。腹八分目のきもちよさ——ほんのちょっとものたりなく思う部分もふくめて——に、ゆっくりと揺られているようだった。そんなふうにして、さち子は山本くんと暮らしていた。


出会ったのは、六年前の三月だった。

さち子は六十五歳だった。役所を定年退職したあとにつとめた知り合いの経営するそろばん教室を辞めたばかりだった。

こどもたちと触れ合うのは愉快だったが、六十五で辞めようと決めていた。趣味を見つけ、できれば近所に趣味友だちをつくり、そのひとたちとカラオケや旅行に出かけて、悠々自適というか面白おかしく老後を送りたいと考えていた。いよいよからだが動かなくなり、老人ホームや病院の世話になるまでは、そうしていたいと思っていた。

さいわい、それができるだけの蓄えがあった。公務員時代は、まじめに、つましく生活していた。保険にもいくつか入っていた。家や土地をふくめ、親の遺（のこ）したものもある。

つまり、六十五歳にして第二の人生を歩もうとしていたのだった。いわば老人デビュー。シルバーの趣味サークルでは、六十五歳は若手だと踏んでいた。歳上の女たちからは親しみを込めてひよっこ扱いされ、男たちからは、ちやほやとまではいかないけれど、それに近い感じで遇されるのではないか、と期待していた。

さち子は、こどものときから一貫して地味な毎日を送っていた。決して不器量ではないし、陰気でもないし、意地悪でも目立ちたがりやでも愚図でものろまでもないのに、ひとのこころに残らない存在だった。どの集団に属しても「あれ、いたの？」という扱いを受けた。とくに親しい友人もできず、恋人もできなかった。結婚もしていない。

縁談はいくつかあったのだが、まとまらなかった。さち子が断った場合もあれば、先方から断られた場合もあった。どちらの理由も、「ごりっぱすぎて」とか「自分にはもったいない」という儀礼的なものだった。さち子の本心は先方に伝わらなかっただろうし、先方の本心もさち子に伝わらなかった。

が、さち子はどちらの本心にも気づいていた。

大人になっても、さち子のなかで結婚というものが具体的な像を結ばなかった。結婚だけではない。男性と付き合うということにも、親友ができるということにも、まぼろしのようなイメージしか持てなかった。

先方が断ったのは、きっと、あたしのそんな「感じ」を察したからだ。夢見る夢子さんと思われたにちがいない。あんなぼんやりとした女に家庭はまかせられないと、おおよそそんなところだろう。

ちゃんちゃらおかしい、とさち子が一笑にふしてみせるのは、彼女が実務能力に長けていたからだった。勉強も仕事もよくできた。五十代のときに相次いで亡くなった両親も看取ったし、葬儀、法要、遺産相続手続きなども滞りなくおこなった。ただの夢見る夢子さんではないのだ。

そろばん教室の講師職を辞して、三つのシルバーサークルに入会を申し込んだ。太極拳、ガーデニング、歴史建造物めぐりである。

太極拳は健康維持のため、ガーデニングはほったらかしの庭をととのえたいため、そして歴史建造物めぐりは「ちやほや」をあじわいたいためだった。

歴史建造物めぐりサークルの会員はほとんど男性のはずである。女性の数は少ないに決まっている。紅一点は無理かもしれないが、男性会員たちは古参の女性会員よりも若い新人会員に目がいき、会の仕組みや市内の歴史建造物について懇切丁寧に教えたがるだろう。なんだかんだと理由をつけて、さち子の世話を焼きたがるはず。そんな男性陣のふるまいを苦々しく思いながらも、古参の女性陣は「おくびにも出さず」という顔をして、若いっていいわね、とさち子をからかう――。

想像するだけで愉しかった。ちやほやされた経験がよみがえる。

それは高校を卒業して役所に入った年のこと。先輩たちからなにかとかまわれた。最年少の女の子ということで、部署内でと注釈はつくものの、さち子はちょっとした「時のひと」だった。

ついぞそんな位置に立った経験のなかったさち子は、たいそう困惑した。きまりが悪かったし、居心地も悪かった。いじめられている、とすら感じた。話しかけられても、黙ってうなずくか、はっきりしない受け答えしかできなかった。

同僚たちはつまらなくなったらしく――飽きてもいたのだろう――自然とさち子とかかわらなくなった。さち子は心底ほっとした。学生時代と変わらない平和な日々がようやく始まる、と思った。

惜しいことをした、と後悔したのは、数年後だった。

最年少の女の子たちは、毎年、入れ替わった。彼女たちが先輩からかまわれるようすを見て、あれは、いじめではなく「ちやほや」だった、と気づいた。最年少の女の子だったあのときがあたしの全盛期だったのにうまくやれなかった、とほぞを噛むようなきもちになった。そのきもちをふるふる揺れる柔らかな寒天みたいに抱えながら、定年まで勤め上げたのである。

言うなれば、リベンジ。そう、リベンジ。

冗談めかしながらも胸を高鳴らせて、さち子は歴史建造物めぐりサークルに入会を申し込んだのだった。

なにも六十五まで待たなくても、リベンジの機会など探せばいくらでもあっただろうが、さち子は動かなかった。縁談の話がなくなった三十半ばを過ぎたあたりから、六十五、と決めていた。そのころから、次の波がくるとするなら、六十五だ、と思い込んでいたのである。

さち子がもっとも欲しているのは、「ちやほや」だった。複数の男性にかまわれ、持ち上げられ、よいこころもちになりたい。同性に嫉妬の目を向けられたり、ほんのちょっと嫌味っぽくからかわれたりしたならば、もっとよいこころもちになる。それが叶うのは、集団のなかで自分が「最年少の新しい女の子」のときしかない、とさち子は知っていた。

繰り返すが、さち子が「最年少の新しい女の子」になれる集団など、六十五まで待たなくても探せばいくらでもある。

　だが、さち子は動かなかった。壮年期、中年期の男女のかかわりにおいては、かならずセックスが絡(から)んでくる。それがいやだ。さち子が望んでいたのはどこまでも「ちやほや」であって、なまなましい男女の現場に足を踏み入れることではない。

　行為や、行為にいたる接近戦の詳細は想像しかねたが、だからこそ、おののいた。強引に迫られたあげく、手込めにされそうになったとき、どうやって身をまもればいいのか分からなかった。

　なるほど前期高年期の男女にもセックスの可能性はあるだろう。もしかしたらシルバーサークルで知り合った男性からラブホテルのようなところに誘われるかもしれない。

　そんなときは「あたしは、もう、そういうのは卒業したから」と言えば、相手をさして傷つけずに断れるはず。「ごめんなさいね」とあだっぽい目つきで相手を見て、肩をちょんと叩けば、それで、万事まるくおさまるにちがいない。昨今の老人はおしなべて歳より若いと言われるが、そこは前期高年期。壮年期、中年期ほどがっついてはいないと思う。

　さて、六年前の三月。

その日、さち子は歴史建造物めぐりサークルの会合に初めて参加する予定だった。公民館の一室で勉強会をするという。開始は三時で、終了は五時か五時半。そのあとはサークル御用達の居酒屋で親睦会をおこなう、と聞いていた。

「初めまして。細小井（いさらい）さち子と申します。うまれたときからずっとこのまちに住んでいるんですが、恥ずかしながら、このまちのことをなんにも知りません。これはどうかな、と反省し、少しでも知りたいと思い、お仲間に入れていただきたいと思いました。どうか、みなさま、ご指導ご鞭撻（べんたつ）のほど、よろしくお願いいたします」

朝から何度も、二、三日前から考えていた自己紹介を声に出してさらっていた。美容室には午前中に行っていた。白髪を染めて、セットした。帰宅後、たまごかけごはんで昼を済ませ、洋服を選び、ようやくシャネル風ツイード生地のスーツに決めた。着替えて、化粧をしたあとも姿見に向かって、にこやかな表情で自己紹介を練習した。

懇親会では、さりげなく独身だとカミングアウトするつもりだった。目の色を変え、口説（くど）こうと勢い込む男性陣を牽制（けんせい）する意味で、カミングアウトにつづけて「……あたしは、もう、そういうのは卒業したから」と独り言を言おうとこころづもりしていた。

いよいよ出かける時間になり、念のため、トイレに行った。便器に腰かけ、用を足しながら、ここでも自己紹介をさらった。

「よし」

ひとつ気合いを入れ、トイレから出ようとした。が、出られなかった。ドアが開かないのだった。鍵はかけていなかった。両親が逝き、独り暮らしになってから、トイレの鍵はかけていない。

幾度ひねっても、ドアノブは空回りするばかりだった。かっと顔が赤くなった。スカスカとした手応えを感じるうちに、からだがこわばり、内側に熱がこもった。手のひら、頭皮、脇の下、背中、あらゆるところから汗がにじみ出た。無我夢中という感じになり、がむしゃらに押したり引いたり体当たりをしたりした。しかし、ドアはびくともしなかった。

「閉じ込められた」という言葉が浮かんだ。その言葉に「どうしよう」とか「どうしたらいい?」という言葉がべたべたと上書きされた。「初めての会合に遅刻してしまう」というのもあったが、さほど重みは持たなかった。「遅れる連絡もできないなんて」と思ったときは、携帯を持ってトイレに入らなかったことを悔やんだ。携帯さえあれば、鍵屋さんを探し出し、すぐきてもらうことができたのに。

これからは、トイレに入るときはかならず携帯を持とう、と決意したが、問題は「いま、このとき」。そんなことは分かっている。なんとかしないと、と焦っているのに、便器に腰かけていると尿意が起こった。つい、ちょろちょろと用を足してしまう。情けなさが込み上げた。トイレットペーパーでぬぐいながら、涙ぐんだ。

　窓がある、と気づいたのは、そのすぐあとだった。細小井家のトイレには、ドアと反対側の壁に小窓がついていた。さち子は急いで窓を開けた。

　台所のちいさな窓からながめるのとおんなじ風景が見えた。

　バス停から家までの一本道である。両側に一戸建てが並んでいる。商店もある。少し奥まって公園もある。バス通りほどではないが、そこそこ広い道である。ふだんは、家庭菜園の手入れをするひとたちがいたり、商店の前で立ち話をするひとたちがいたり、バスに乗ろうとするひとたちや、バスから降りてきたひとたちや、公園であそぶこどもたちが行き来している。なのに、このときは、ひとりのすがたも見えなかった。

　どんなに遠くにいたとしても、だれか見つけたら、さち子は声をかぎりにさけび、助けを呼ぶつもりだった。けれども、そのだれかはなかなかあらわれなかった。

　いつまでもひとっこひとり通らない道ではない。だからこうして窓から見ていれば、日が落ちるまでには救助してくれるひとを見つけられるに決まっている。絶対、かならず、間違いなく。のはずなのに、助けてくれるだれかをとうとう見つけられず、この狭いトイレで息絶える自分のすがたが、さち子の頭によぎった。トイレの窓はちいさすぎて、そこからさち子が脱出するのは不可能だった。

怖い想像が加速し、白骨化するまで発見されない事態が新聞記事としてまぶたの裏に広がった。なんにもいいことなんてなかった、と思いそうになった。いや、ほんとうは強く思った。だが、さち子は自分のなかですら、強く思ったことをぼかしたかった。「思いそうになった」程度でとどめたかった。水を張った洗面器に顔をつけ、息を止めるように、思いそうになった、思いそうになった、とこころのなかで叙述した。

我に返ると、バス停のほうからこちらに向かって歩いてくるひとがいた。男性だった。ひょろりとした体型で、男性というより、男の子というふうだった。細い足で、弾むように歩いていた。そのようすを見て、さち子はバンビを連想した。緊急事態にあるにしてはのんきな連想だった。それがちょっとおかしくて、思わず口もとがゆるんだ。

「すみませーん」

窓から首を出し、彼に向かって声を張り上げた。こんなに大きな声を出そうとしたことはかつてなかった。だから、上手に出せなかった。もう一度、というか、彼が気づくまで何度も、と思い、息を吸い込んだら、彼がこちらに目を向けた。首をかしげ、じっと見たあと、うまれて初めて森を散歩する仔鹿みたいな愉しげな足取りで、さち子の家に向かってきた。それが山本くんだった。

「……ねえ、あのとき、どうして気づいたの？」

あたしの声なんて聞こえなかったでしょ、とさち子は山本くんに訊いた。

ふたりで向き合い、夕飯を食べている。湯上がりの山本くんはほかほかとした顔つきで、
きで、一生懸命カツカレーを食べていた。

「ねえ、どうして？」

さち子はなおも訊ねた。幾度もしている問いかけだった。

「なんか、そんな気がしたから」

口のまわりを黄土色にして、山本くんが答える。いつもの答えだった。いつものように、眉をちょっと寄せ、記憶をたぐる顔つきをしたあと、軽くかぶりを振って。

「ふしぎね」

さち子が応じたら、満足そうににっこり笑った。中断していたカツカレーに取りかかり、合間にサラダをばりばりと食べる。

あの日、山本くんは、下宿を探していたのだそうだ。

それまでは親元にいたらしい。勤務先が新社屋を建てたとかで、自宅からでは通勤

が不便になった。市内には変わりないのだから通えないことはなかったが、新社屋の近くに住めば便利だな、と山本くんは思った。そこでバス一本で通勤できるさち子の家の近辺をほっつき歩いていたらしい。

「あてずっぽうに？」

笑いながら、さち子は訊いたことがあった。この問いかけも、以下につづく会話も何度もしていた。やはり夕飯を食べているときに。

「あてずっぽうに」

山本くんは鸚鵡（おうむ）返しをした。くんくんとにおいをかぐような真似をした。風に吹かれたように目を細めた。

「まあ、ひとむかし前は『下宿あります』っていう貼り紙を見かけたけど……。いま、そういうのないでしょ？　そもそもアパートじゃなくて、下宿に住みたいっていうひとじたい、かなりめずらしいわよね」

「めずらしいかな？」

「めずらしいわよ」

「そうかな？」

と山本くんは首をひねり、箸を置いて、

「だって、ひとりだとさみしいじゃん」

と両手で頬をつつんだ。当たり前のことを言っている、という顔つきだった。

「彼女は？　いなかったの？」

さち子はわざと探るような目をした。

「そういうの興味ないんだよね」

山本くんの表情は変わらなかった。照れてもいなかったし、ごまかしてもいなさそうだった。

「うん、興味なさそう」

さち子は口もとに手をあて、笑った。山本くんと自分は似たところがある、と思った。さち子も恋愛には興味がなかった。あわい関心は長らくよせていたけれど、未だに男女の現場に足を踏み入れることへのおののきが残っていた。

あの日。トイレの小窓から事情を話し、山本くんに鍵屋さんを呼んでもらい、無事脱出できた日。

鍵屋さんが帰ってから、さち子は山本くんに出前のお寿司を食べさせた。下宿を探していると、そのとき聞いた。へえ、そうなのとうなずいたあと、そうだ、とさち子は手を打ち、これもなにかの縁だから、と、山本くんを家に住まわせることにしたのだった。

考えるよりも先に言葉が出ていた。

言わされた、という感覚があった。強制されたのではなく、その言葉を山本くんから引き出されたような気がした。

そうではなくて。

あのときのきもちを説明しようとすると、さち子は奇妙なもどかしさを覚える。

そうではなくて、山本くんがバス停からさち子の家までの一本道をこちらに向かって歩き出したときにはすでに、さち子の家に住むと決まっていたと思えてならない。さち子が間貸しを申し出たのは、確認に過ぎず、べつに口にしなくても、山本くんは、きっと、家に居着いただろうな、というような。そんな感じ。

山本くんは二十一歳だと言った。

専門学校を卒業して、インテリアや家具を扱うチェーン店に就職し、そこで経理をやっていると言った。

父親は中小企業のサラリーマンで、母親は近所のスーパーでパート勤めをしている。きょうだいは三人。兄と姉がいて、ふたりとも家を出た、とだいたいそのようなことを自己紹介としてさち子に告げた。

さち子が家のなかを案内しているときだった。山本くんと出会ったその日のことだった。冗談めかした案内がてら、どの部屋に住みたいか、さち子は山本くんに訊ねようとしていた。

一階にはリビング、台所、風呂場をのぞいて三部屋あった。うち二部屋はさち子が使っていた。寝室と、姿見やタンスを置いてある部屋だ。残るひとつは十畳の和室だった。仏間としていた。毎朝、仏壇に水とごはんを供え、手を合わせている。定期的に花も供え、月命日にはちょっと豪華にし、祥月命日には住職さんにお参りしてもらっていた。

「二階は、結局、ぜんぶ使用中なの」

そのかわり、二階はぜんぶ空いてるから、とさち子はこころもち肩をそびやかした。「ぜんぶ」という言葉を強めに発した。邸宅とまでは言えないかもしれないが、大きな家だと自負していた。すこぶる古いが、二度リフォームをしている。

さち子の力で建てたわけでも改築したわけでもなかったが、自分の手柄のように思っていた。父は縄やこもや麻袋をつくる会社を経営していた。死期をさとり、副社長だった甥に会社を譲った。ひとり娘だったさち子は不動産と預貯金を相続したのだった。

「じゃ、二階を見てみましょうか」

　さち子は階段に向かって歩き始めようとした。だが、山本くんがさち子のあとをついてくる気配は感じられなかった。さち子は踏み出した足をもとにもどし、山本くんを窺（うかが）った。山本くんは仏間の鴨居（かもい）にかざった、さち子の両親の二枚の遺影をながめていた。

「二階にはね、六部屋あるのよ。一階の洋間はリビングだけだけど、二階はぜんぶフローリングなの。当時としちゃわりかしハイカラなほうよ。六部屋ともこども部屋にするつもりだったんですって。あいにく、こどもはあたしひとりしかできなかったんだけど……」

　間を埋めるようなおしゃべりの途中で、さち子は口をつぐんだ。山本くんが見ていたのは遺影ではないようだった。山本くんの視線は仏間の鴨居を一周したあと、柱を上下し、壁を伝（つた）い、ゆっくりと天井をめぐった。彼の目には、部屋しか映っていないようだった。仏壇も、御前座布団も、遺影も、部屋のすみに積んでいる客用座布団にも、まるで、気がついていないようすだった。

「ぼく、ここがいいな」

独白めいたつぶやきを聞き、さち子は「やっぱりね」と思った。部屋をながめる山本くんのようすから、きっとそう言い出すだろうと予感していた。

「んー、でもここ一応仏間だし。二階に移すって手もあるけど、フローリングじゃない？　仏間って雰囲気にならないじゃない？　お寺さんにきてもらうときも階段をのぼってもらわなくちゃならないし。うちの住職さん、年寄りなのよ。まあ、あたしもひとのことは言えないんだけど。気に入ってくれたのはうれしいんだけど。ね、ひとまず二階も見てみましょうよ。決めるのはそれからでもいいんじゃない？」

だらだらと言葉をならべながらも、さち子は、内心、あきらめていた。山本くんが「ここがいい」と言うのなら、たぶん、決まりだ。というより、決まっていたような気がした。バス停からさち子の家までの一本道を、こちらに向かって山本くんが歩いてきたとき、すでに。

山本くんが越してきたのは、明くる日の土曜日だった。日曜にかんたんな荷物が届き、引っ越しが完了した。

仏壇は、結局、姿見とタンスの置いてある部屋に移すことにした。もちろん、遺影も、御前座布団も、客用座布団も。いまはまだいいが、毎朝、水とごはんをお供えしに二階に上がるのはどう考えても、さち子には億劫（おっくう）だった。

がらんとした元仏間――そもそもがらんとはしていたのだが――を見渡してみると、ここが我が家でもっともよい場所だと思えた。風通しがよく、強い日差しが差し込まない。さち子の胸に、ここでなら、山本くんはすくすくと育っていけるだろう、という言葉が浮かんだ。二十歳を過ぎた男の子にたいして思うことではない。独り笑いしてから、さち子のかたわらで、うれしげに部屋をながめる山本くんに発表した。

「うん、すくすくと育ちそうです」

山本くんは満面の笑みでそう答えた。不安になるくらい無防備な笑顔だった。山本くんはいまも童顔だが、このころはもっと幼い顔をしていた。表情の印象だけを抜き出せば、赤ん坊のようだった。

「男の子は二十五、六まで成長するらしいわね」

不安定な笑みを浮かべ、さち子は応じた。この部屋いっぱいまで育った、大きな、大きな、山本くんのすがたが脳裏をよぎり、可笑（おか）しいような、怖いような、頼もしいようなきもちになった。

下宿代は食費光熱費込みで五万円だった。さち子が決めた。三万だと安過ぎて、山本くんの気が引けるのを案じた。かといって四万は、数字が悪い。切りのいいところで五、と、このようにして決めたのだった。

山本くんは給料日に、さち子に下宿代を渡した。月日と金額が記入できる、さち子お手製の月謝袋のようなものに入れ、夕飯前に差し出した。さち子はいったん受け取って、封筒にハンをおしてから、お金を抜かずに山本くんに返した。

「用心棒代」

と言葉を添えて。山本くんはくすぐったそうに笑いながらも、素直に受け取った。毎月そうしていたのだが、いつしか封筒のやり取りがなくなった。さち子はちっとも気にならなかったし、山本くんも気にしていないようだった。

山本くんが下宿人となってから、さち子の毎日にふくよかな光が射すようになった。射して初めて、それまでの日々の暗さに気づいた。よくもまあ、厚い雲におおわれた、陰気なところで長いこと過ごしていたものだ。

山本くんと出会った日に行くつもりだった歴史建造物めぐりのサークルは一度も顔を出さずに退会した。

太極拳とガーデニングのサークルには参加している。太極拳は健康維持に役立つし、ガーデニングサークルのおかげで、荒れ放題だった庭がととのってきた。どちらのサークルでも割合気の合うひとがいて、たまに彼女たちと食事や買い物やカラオケを愉しんでいる。

「ちやほや」への欲求は消えていた。

満たされたから消えたのではなく、ぽたりと落ちるように失くなった。気がついたら、そうだった。いつ、なにがぽたりと落ちたのかは、さち子にも分からない。おそらく、ふくよかな光をあびて、だんだんと変化したのだと思う。

さち子が覚えているのは、白髪染めをよしたときのことだった。たしか山本くんが下宿人となって一年経ったころである。

「おばあさん」でもいいと思った。ひと目で「おばあさん」だと知れ、「おばあさん」として扱われることに抗うきもちがなくなった。「ちぇっ」とつまらなくなったり、「ぷん」とちいさく腹を立てたり、「ふうん」となんとなくがっかりしたりする落ち着きの悪さから解放された。

山本くんとの生活は、おとぎ話のようにおだやかだった。「むかしむかし」で始まる導入部と、「めでたしめでたし」で終わるエンディング部分のように、のどかだった。おとぎ話には欠かせない「事件のようなできごと」など決して起こらない。

さち子は、自分が、音も立てずに、「むかしむかし」にいた「おばあさん」になっていくと感じた。絵本のなかにしかいない、「おばあさんというもの」に、こころが、静かに、寄っていっていた。頭を白くしたのは、外身をこころに合わせたくなったからだった。

朝、山本くんを送り出し、夕方、山本くんを迎える。山本くんのために食事のしたくをし、山本くんのためにお風呂を沸かす。山本くんはいつもにこにことしている。さち子がいやがるようなことはひとつも口にしない。たいそう性質のよい、孫のような男の子である。「孫というもの」のようである。「おばあさんというもの」と「孫というもの」、ふたりの暮らしはやさしい。「やさしさというもの」のようにやさしい。

さはさりながら、時が経つにしたがい、さち子の胸にちっちゃななにかがふくらんでいった。そのなにかは、以前、ぽたりと落ちたなにかに似ていた。

山本くんは、さち子の家でもっともよい部屋で寝起きし、すくすくと育った。のびのびと、むくむくと、からだ全体が大きくなった。肥満しているのではない。すこぶるりっぱな体格になったのだった。

さち子は山本くんの洗濯も引き受けている。最初のころは、洗濯カゴに放り込まれた衣類を手に取り、首をかしげた。若い男の子だというのに、山本くんの出す衣類には、ほとんどにおいがついていなかった。

それが、じょじょにちがってきた。さっぱりとはしているのだが、雄々しいにおいが立つようになった。山本くんの着た衣類にさわると、さち子は、そこに顔をうずめたいきもちになる。衝動というには弱いが、それに近いこころの動きと欲求を覚える。お腹の下のほうがじわじわと熱くなり、五十歳で閉じた経（みち）がひらきそうになる。

身なりにかまうようになった。

「おばあさん」は「おばあさん」だけど、すてきなほうの「おばあさん」になりたいと思うようになった。

さち子の頭のなかに、なんとはなしの目当てとして山本くんがいた。だからといって、山本くんと男女の現場に足を踏み入れたいのではなかった。ふくよかな光をあび、さち子の頭上をゆっくりと進む飛行船に乗りたいような気がするだけだ。

カツカレーをたいらげた山本くんは、コップの水をひと息に飲み干した。ややとがった喉仏（のどぼとけ）が上下し、広くて厚い胸が動く。

「おいしかった！」

ごちそうさま、と山本くんはお腹を撫でてみせた。養分が補充されました、溜め込みました、というふうだ。立ち上がった山本くんを、さち子はうっとりと見上げた。

幸福感とかなしい予感が同時にあふれた。陶然としたまま表情が止まった。眠って起きて、明日の朝になったなら、山本くんは、また、育っているのだろう。あの部屋いっぱいまで大きくなったら、そしたら、きっと、あたしを残して、きっと、どこかに行ってしまうのだろうな。

☞P.6

どうしたの？

【ホテイアオイ】

3537．ホテイアオイ

南アメリカの熱帯の原産で観賞植物として栽培されるが、暖地では非常によく繁茂し、水田、溝、池の中で水上をおおって害草化する多年生草本。時々根ぎわから枝を出して繁殖する。（中略）［日本名］布袋葵（ホテイアオイ）で、葉柄のふくれている部分がまるで布袋の腹のようだからである。

——『新牧野日本植物圖鑑』牧野富太郎著、北隆館

たしかにわたしたちは、夏から秋にかけて生育条件（せいいくじょうけん）にめぐまれると、子株（こかぶ）をつくり大繁殖（だいはんしょく）をすることがあります。また、水がすこしばかりよごれていてもへいきです。

——『異常にふえるホテイアオイのなぞ』長谷寛著、大日本図書

盛り場の一画に家を買った。

いかがわしいか、みすぼらしいかのちいさな店が軒をつらねる二筋の小路がかこむ公園に面している。

二筋の小路は、駅前の目抜き通りから脇に入る飲屋街が分かれたものだ。左右対称に湾曲して公園をはさみ、国道にさえぎられる。国道の向こう側は大駐車場をそなえたディスカウントストア。ファストフード店、自転車屋がつづき、やがて落ち着いた住宅街となる。

わたしの家は、二筋の小路が国道にさえぎられる直前にあった。もとは小体な画廊兼アトリエである。家主が亡くなり、売りに出されたのだが、場所柄、買い手がつかず、長らく空き家だった。

二階建てである。一階正面はガラス張りで、シャッターを上げると日がよく入り、およそ八坪のギャラリーを明るく照らす。白い鉄階段が稲妻状に外付けされていて、二階へはそこから出入りする。

一階にも二階にも手洗いが備えてあった。一階には、ちいさいながら納戸がつくりつけられていて、二階には一口コンロと狭い洗い場を持つ台所がある。ないのは風呂だけだった。だが、国道を渡り、十分も歩けば銭湯がある。その銭湯はコインランドリーを併設している。

価格は存外安かった。そのぶん、手直しに金がかかった。長く放っておかれた古い家だったので、あちこちガタがきていた。ことに外装のうらぶれ方がひどかった。雨風にさらされた傷みだけではない。一階のシャッターにも、鉄階段にも、二階の玄関ドアにもカラースプレーで派手に落書きされていた。我が家の目の前にある公園は、素行不良の若者たちの溜まり場なのである。

去年の秋に越してきた。独り者ゆえ、簡単な引っ越しだった。業者に頼むまでもなかった。

自力で運んだ大きなものはミニ冷蔵庫とちいさなちゃぶ台と衣装ケースだった。どちらも使い込んだ中古だが、愛着があった。新調したのはベッドと、照明器具やエアコンなどの家電製品。それぞれの販売店が配送してくれた。

二階を主たる住まいと決めていた。一階よりも幾分狭い十畳である。引っ越す前より広くなったが、置くものを置いたら、それまで住んでいた部屋と大差ない雰囲気になった。

大いにちがうのは板敷きである点と、手洗いと台所が備えられている点だった。ぺたぺたと素足で歩くたび、また手洗いのドアや一口コンロを目にするたびにめずらしさを覚え、一国一城のあるじになったと感慨を深くした。

一階の使い道はまだ思いついていなかった。これからゆっくり考えるつもりだった。それはわたしがこの家を買おうと決めた理由のひとつだった。

一階にはギャラリーとしての備品がそのまま残っていた。

ひとまずスポットライトの電球を取り替えた。小柄なわたしがちょうど両手をのばした長さの机十台に積もった埃（ほこり）も雑巾で拭き取った。もちろん床も掃除した。ワックスをかけたら、暗い木肌に濡れたようなつやが出た。

スポットライトを点け、部屋を見渡すのが、わたしの夜の愉しみになった。薄いハイボールをつくり、グラスを片手に室内階段を降りていき、奥の壁にもたれて、毎夜、寝間着（ねまき）のままギャラリーをながめた。

部屋の両側の壁面に据えられた銅色の細長いもの（ピクチャーレールというらしい）から何本も垂れている白いワイヤー。それぞれ二本対になっている。その下には机が五台ずつ。どれも壁にぴったりと寄せてある。壁に掛けられるはずの絵、机に置かれるはずの芸術品を、スポットライトが日に灼けた写真のような懐かしい色合いで照らすのだった。

わたしはちびちびとハイボールを飲りながら、想像力をいっぱいに広げた。

わたしはここをなにかとても素敵な空間にしたかった。

わたしの思う「素敵」は太陽がのぼったり、沈んだりするときの空の色の移り変わりだった。明け方には次第に輪郭がぼやけ、薄い紙のようになる星や月。暮れ方はその反対の変化を見せる。明るんだり黒ずんだりする地平線を隠す建物群の合間から鋭く射す日の光と、毎朝新しくなり、そして毎夕やさしく古びる外気の感触や風のにおい。どれもこれもすばらしい。

そんなイメージがふくらむばかりで、具体的にはなにひとつ思いつかなかった。それならそれでいいと思った。使い道のない空間を持つのはよほど贅沢である。そこで毎夜、かたちのないことをあれこれ思うのもまた豊かな行為だ。

そもそも、かざるものがひとつもないギャラリーというのが、ふだんは隠そうと腐心しているわたしのなかの、思う存分夢や空想にひたりたい部分を解放してくれた。それだけで充分ではないか、とわたしにささやきかけるわたしがいた。

零時には二階に引き上げ、床についた。目覚めるのは夜が明けるころだった。流しで顔を洗い、歯をみがき、着替えをする。下着をはきかえ、鴨居にかけてあった綿のシャツをハンガーから外して着、裾をズボンに入れ、ところどころ革の剝げたベルトをしめる。

ベルト同様、シャツやズボンも着古したものだった。シャツは襟の裏側、袖口の生地が黒ずみ、擦れて薄くなっていた。ズボンは膝が抜け、裾上げのため三つ折りにした袋状のところがやぶれ、糸くずが出ていた。これでもわたしの外出着である。大事に着ている。

それからわたしはどっこらしょ、と床に腰を下ろす。老眼鏡を外し、ちゃぶ台に置いた鏡を覗き、やや長めの髪を丁寧になでつける。わたしの頭は白と黒の半々である。見苦しくなったら、自分で切る。さいわいゆるいウエーブがついているので、切り方が下手でもそうおかしなことにならない。

立ち上がり、紺色の上着を着る。この上着も年代物だった。色は褪せているが、掛け値なしの一張羅だ。ボタンはかけない。女物だと知れるからだ。

運動靴をはき、玄関ドアを開ける。白い外付け鉄階段をトントンと降りる。六十九にしては軽快な足取りだと思う。背の低い女くらいの身長で、みじめなほど痩せているが、わたしのからだは頑健そのものだった。

向かうのは我が家の目の前にある公園である。

わたしは毎朝、公園を散歩した。淡い藍色の空気のなか、この公園を歩くこと。それが新居の購入を決めたもうひとつの理由だった。

楕円形の公園である。そのかたちに沿ってサザンカが植えられている。サザンカの手前には木製のベンチがほぼ等間隔に並ぶ。

中央には円い植え込みがある。空高く浮き上がってながめてみれば、アーモンド形の目の瞳の部分というところ。ぐるりをイチイが取りかこみ、真んなかには時計塔が立っている。

円形の植え込みの周りにもベンチがある。出入り口は四カ所もうけられている。アーモンド形の目でいうとまぶたのあたりの出入り口のすぐ近くに水飲み場があった。

白み始めた空のもと、薄い藍色の空気のなかを泳ぐようにわたしは公園を歩く。ベンチや地べたであそび疲れた若者たちが死んだように眠っている。思い思いの寝相だった。仰向けになった者はあどけない顔を見せ、うつぶせになったり、膝を抱えたまま寝入ったりした者は、金や茶や赤に染めた髪の根元の黒い部分を見せていた。

中年やホームレスとおぼしき者も見受けられるが、若者が圧倒的に多かった。若者のなかには少女もいた。どの朝も、幾人かの少女がいた。まだこどものようなのもいたし、すでに若い女というふうのもいた。

はしたないなりをして、どくどくしい化粧をほどこしてはいるものの、どの少女の頬にも柔らかさが残っていて、つるりとなめらかだった。どの膝も――足の太さはべつにして――引き締まっていた。

「どうしたの？」

わたしは眠りをむさぼる少女に声をかける。とてもちいさくて低い声だ。少女を起こす気はなかった。会話をしたいのでもない。ただ、話しかけてみたいだけだ。

少年の時分から、わたしは不良少女にあこがれていた。

はなやかで、はすっぱなムードを放つ少女たち。どんなことでも即座に断定し、好きか嫌いかをはっきりと表明する。だれよりも自由を謳歌していると思われた。いや、自由を恐れないと言うべきか。身をもちくずす自由も、生涯泥水をすする自由も、彼女たちは手に入れていた。わたしは彼女たちの自由に、不良少年の持つそれよりも、生理に根ざしたようなふてぶてしさを感じた。

できるものなら、仲間に入れてもらいたかった。けれどもわたしには、彼女たちに近づく意気地がなかった。わたしなど相手にされないと思い込んだ。

この歳になっても「どうしたの?」と小声で話しかけるのがせいいっぱいだった。このひとつおぼえの科白（せりふ）さえ、この公園で不良少女たちが夜明かしすると知ってから、あれこれ考え、ようやくひねり出したものだった。もしもわたしの声が彼女たちの耳に届いたとしても、ふと通りかかったひとのいい年寄りがさしたる意味もなくかけた言葉だと思うだろう。

引っ越して半月ほど経ったその日も、わたしは公園に出向き、少女のひとりひとりに声をかけた。

どの少女も目を閉じたままだった。ここまではいつもと同じだ。ところが、その日は、円形の植え込み近くのベンチで、丈の短いモコモコとした白いコートの襟を立て、胎児のようにまるまって眠っていた少女が億劫そうに片目を開けた。長い黄土色の髪を掻き上げ、舌打ちしたそうな顔つきで、わたしを見上げたのだった。それがアズだった。

アズは十七だと言った。山間（やまあい）の田舎町から深夜バスに揺られてこのまちに着いたらしい。あの公園で寝泊まりして三日目だったという。

インターネットなるものに疎いので、わたしは知らなかったのだが、あの公園は家出少女たちが（わりあい安全に）夜明かしできる場所として有名だったようだ。

「客も来るしね。ソコソコ稼げるし。うまくいったらホテルで寝れるかもだ」

アズはにいっと笑ってみせた。いわゆる買春目的の男たちが訪れるとのこと。これもインターネットで仕入れた情報のようだった。

わたしのことも最初は客だと思ったらしい。「朝から元気いいね」とあくびをし、「八千円でもいいよ。前払いで」と持ちかけた。答えに迷っていたら、チッと舌を鳴らし、「二万円。モーニングサービスだ」と言った。わたしはうなずき、「でも、いま、持ち合わせがないから」と白いちいさな二階建てを指差した。「……すぐ近くなんだけど」と家に招いた。

関係を持つつもりはなかった。ゆっくりと腰を落ち着け、あこがれの不良少女と話をしてみたかった。こころのどこかで毎朝少女たちに声をかけていれば、いつか、このような機会が訪れるかもしれない、と思っていたことに気づいた。

「家出してたった三日なのに、ずいぶん馴染んでるんじゃない？」

熱い紅茶とハチミツをたっぷり垂らしたトースト、ミニトマトを添えた目玉焼きを、ふたりぶん、ちゃぶ台に置いた。「超腹へってるんだけど」とアズが言ったからだ。

「けっこうオシャレな家なのに風呂もないんだ」とあきれてから、「このごにおよんでカッコつけてんじゃないよ」とわたしのベルトに手をかけたあとだった。「いや、大丈夫。そういうの、ほんと、大丈夫」とアズの手をおさえ、わたしが少々あわてて拒んだあとであり、ふん、とアズが鼻を鳴らし、「変わってんね」と言い放ち、「ていうか、あんた、おじいちゃんなの？　おばあちゃんなの？　ちょっとどっちか分かんないんですけど」とせせら笑ったあとでもあった。

若い頃は腹の下あたりが熱くなることもあったが、歳をとるにつれ、そういうこともなくなった。もとよりわたしのペニスは女を喜ばせるにはちいさすぎた。陰毛もそろっていなく、乳房はひっそりとふくらんでいる。声は男にしては高く、女にしては低かった。顔立ちも整ってはいるのだが、どっちつかずの印象である。男を好きになったことも、女を好きになったこともあったが、いずれも淡いものだった。いずれにせよ成就しないというあきらめがあらかじめあった。自由を恐れない不良少女へのあこがれだけが、静かに太っていった。

アズはきもちのよいほどスイスイとテンポよくわたしのつくったものをたいらげた。食べ終えたら、食器を流しに片付けた。「ありがとう」と言うと、瞬時きょとんとしてから「えー」と大げさに驚いてみせた。開けた口を閉じ、唇を内側に巻き込むようにした。わたしはなぜか放心し、アズのようすをながめた。こころが戻ってこないまま、階下に案内した。ガラスのドアを開けて外に出て、シャッターを上げ、日を入れた。秋の日差しは金色で、その色でギャラリーを満たした。

アズは目を見ひらき、両手で口をおさえた。

「いいじゃん。超いいじゃん、ここ」

うわずった声でギャラリーを見回した。壁に掛けられるはずの絵、机に置かれるはずの芸術品をじっくりと鑑賞しているようだった。一度洗濯すれば色がすっかり抜けそうなみどり色の丈短なワンピースの裾をひるがえし、手近の机に腰かけた。

「ねえ、あたし、ここにいてもいい？」

空き部屋なんでしょ、と細い足をぶらぶらさせた。

「あたしがもらうはずだった一万円を家賃代わりにするってことにしない？」

そう言って、アズはギャラリーに住みついた。

アズの所有物はてらてらと光るむらさき色の手提げバッグと同色のキャリーバッグだけだった。それはわたしが家に招いたときから持ってきていた。

手提げバッグを枕にして、アズは床の上で眠った。昼すぎに目を覚まし、二階に上がってきた。わたしはおろしそばを食べ終えたところだった。「うまそうじゃん」とアズがわたしの向かい側に腰を下ろし、膝をかかえたので、彼女のぶんをつくった。

　昼食がすんだら、アズはちゃぶ台に置いたわたしの鏡を引き寄せ、手提げバッグを逆さに振った。バッグのなかみをちゃぶ台にぶちまける。化粧道具がほとんどだった。使いかけのティッシュやちいさな棒付き飴、それからハートの模様が浮き出た桃色の財布もあったが、ティッシュを残し、あとは手提げバッグに戻した。

「さて、と」という顔つきで、アズは鏡を覗き込み、化粧を始めた。昨日の化粧が残る肌に、まず色のつかないクリームを塗り、それから色のついたクリームを塗る。顔の向きを変えたり、鼻の下をのばしたりしながら、指先で丹念に伸ばしていた。はがれかけてきたつけまつげをそうっと外し、ノリのようなものをつけた。目の周りを黒くしてから、それをつけ、唇をテカテカに光らせた。鏡に向かってニッコリする。前歯にはさまったネギを爪で取り、ティッシュになすりつけ、ゴミ箱に放り投げた。

「じゃ、行ってくる」

　手提げバッグを持ち、キャリーバッグをゴロゴロ引きずって、アズは家を出た。帰ってきたのは深夜二時くらいだった。呼び鈴を何度も鳴らし、「ちょっとー、ちょっとー、寝てんの?」とドアを何度も叩いた。

　わたしはベッドでうとうとしていた。アズがこの家に戻ってくるかどうか、少しく不安だった。

一階での「夜の愉しみ」のときには、机に腰かけ、細い足をぶらぶらさせたアズのすがたを思い出していた。金色の光をあびたアズはたいそう美しかった。きよらかでもあった。

顔も洗わず、歯もみがかず、おそらく着替えもろくにしないアズは、近づくと、白い生地を黄色く染めそうな汗のにおいがする。だが、それでもアズはきよらかだった。若さのせいだろう。どんなによごれていても、アズの肌やからだつきや動作には、すこやかな若さがある。生き物としてのういういしさが残っている。

ういういしさなど、はかないものだ。不良少女ならなおのこと。アズの暮らしぶりでは、ひとより早く目減りする。アズがきよらかでいられる時間は長くない。だとすると、アズは、わたしのギャラリーが初めて迎えた芸術品だ。期間限定、と注意書きがつく、貴重な。とても貴重な。

急ぎベッドを抜け出し、玄関ドアを開けた。「おせーよ」とアズは口もとだけで笑った。「腹がへった」と言うので冷や飯でチャーハンをつくってやった。「チャーハンはさ、あったかいごはんでつくるもんなんだけど」と文句をつけながらも、アズはスイスイとスプーンを口に運んだ。少しのあいだ、手持ち無沙汰にしていたが、「寝るわ」と言いおき、下に降りた。

散歩から帰ってギャラリーを覗いてみたら、アズは床の上にまるまって眠っていた。公園のベンチで眠っていたように、手提げバッグを枕にし、手あかのついたシロクマのぬいぐるみみたいな白の模造毛皮のコートの襟を立て、すやすやと。

明くる日以降はこれの繰り返しだった。ただし、アズには帰ってこない夜があった。帰ってきても、こなくても、アズがどこでなにをしていたのか、わたしは詮索しなかった。そんなことをしたら、芸術品を手放すことになる。

冬が近づくと、芸術品がふたり増えた。

冬になるころには六人になった。

結局、二十四人の芸術品がギャラリーで冬を越した。

芸術品たちは、床はもちろん、机の上、机の下で窮屈(きゅうくつ)そうに身を寄せ合って、おしゃべりしたり、飲んだり食べたり、眠ったりした。

アズがどこかで知り合った同じ境遇の少女ふたりに声をかけたのがきっかけだった。その少女たちがべつの少女に声をかけ、というのを繰り返し、増えたのだった。

彼女たちの生活リズムはアズとほぼ同じだった。昼すぎに起きて、深夜か翌日の午前中に帰ってくる。少女たちは皆、シャッターの合鍵を持っているようだった。アズのためにつくった合鍵を複製したのだろう。

幾日か帰ってこない者もいたらしいが、わたしは気づかなかった。少女たちのかわす「ここんとこ、だれそれ見ないんだけど」「そういえばいないねー」という会話で知るくらいだった。

わたしは少女たち全員の名前と顔を把握していなかった。そればかりか、正確な人数も、じつのところ、知らなかった。ある日の明け方、ギャラリーに降り、部屋のすみからすみまで寝転がる少女たちを、指をさして数えたきりだった。

眠る少女たちのようすは、だまし絵を思わせた。ひとや動物や果物などを寄せあつめ、人物や字をあらわした絵のように、彼女たちを全体としてながめれば、なにかのかたちになっているように思えた。

芸術品が増えたら、わたしの出費も増えた。彼女たちの要望にこたえたからだ。わたしとの交渉係はアズだった。皆の要望を伝えるとき、アズは室内階段を使わず、外付け鉄階段を上がり、呼び鈴を鳴らした。

真面目くさったような、ふてくされたような顔つきで「話あるんだけど」と腕を組んだまま、なかに入った。「単刀直入に言うね」と前置きし、立ったまま、切り口上でこう告げた。

「二階にだけエアコンがあるのはずるいと思うんだよね」

「うちらも冷蔵庫がほしいんだけど」

「電子レンジがないと絶対不便」

「電気ポットはもう一台必要なんだ」

「ていうか、テレビないんだけど」

などなど。そのたびわたしは買い物に出かけた。持ち帰った品物や、配送、設置された品物を見た少女たちはわあっと歓声をあげ、「じじぃ、すげー」「じじぃ、かっけー」と拍手をし、からだを折って大笑いした。

こまごましたものは自分たちで調達したようだ。何人かで連れ立って、笑いながら国道を渡り、ディスカウントストアに向かうすがたをしばしば見かけた。ふくらんだ黄色いショッピングバッグを手に、肩と肩をぶっつけ合って、やはり笑いさざめきながら帰ってくるすがたも見たことがある。手ぶらで行き、手ぶらで戻る者もいた。

いずれにしても、わたしは見ているだけだった。商品を買った金はどうやって手に入れたのかと訊ねることもなかったし、まさか万引きなんぞしていないだろうね、と渋面をこしらえることもなかった。

食事は、めいめい、好きなときに好きなものを食べていたようだ。ごみ収集日に回収した袋には、カップ麵の容器やおにぎりやサンドイッチを包んでいたフィルム、プラスチック製の弁当容器、菓子袋、アイスの容器、箸、スプーンが大量に入っていた。ペットボトルの量もおびただしかった。多くは水だったが、やがて、二階の水道から空のペットボトルに水を入れるようになった。「水、いい？」とやってくる少女は、毎回、顔ぶれがちがっていた。ひょっとしたら持ち回り制を敷いていたのかもしれない。

「じじぃ、腹へった」と飯をねだりにくる者も毎日ひとりはいた。これも輪番制を敷いていたのかもしれない。朝食か昼食かのちがいはあったが、わたしと食卓をかこみ、さのみ意味のない短い会話をかわしてから、ほっとしたような表情で一階に降りていくのは共通していた。

わたしは、これを、少女たちが考えた、わたしにたいする礼だと理解した。お返しと言ってもいいし、一種の仕事だと言ってもいい。ふたりきりでいっしょに食事をとり、短い会話をかわし、わたしをよろこばせることが、彼女たちの考えたわたしへの返礼であり、仕事でもあったのだろう。

傲慢なアイデアである。しかし、まったく的外れではなかった。ひとりひとりと対面することで、わたしは彼女たちのういういしさがゆっくりと目減りしていくさまを確認しようとしたのだから。


母の顔を思い出した。

十七だか十八だかで父親の分からぬわたしを産み、実家にあずけた母である。忘れた時分にひょっこり訪ねてきては、濃い口紅にたばこをくわえ、「いくつになった?」と訊いた母の顔だ。わたしが最後に見た母の顔だった。わたしは九歳か十歳だった。それから母は訪ねてこなくなった。いまにいたるまで音信不通だ。

実子としてわたしを育ててくれた祖父母は、わたしが高校に入ってすぐに、あいついで亡くなった。身寄りのなくなったわたしは大人たちの手を借りて、しかるべき施設に入所した。高校卒業まではそこで暮らした。卒業後は、新聞販売所に勤めた。わたしは在学中から新聞配達のバイトをしていた。その販売所の所長に声をかけてもらったのだった。住み込みだったのでありがたかった。所長宅の二階に住まわせてもらった。六畳間だった。家賃はただだったが、毎月の掛かりとしていくらか給料から引かれた。

新聞配達員として、去年の秋まで働いた。ざっと五十年だ。

毎日だいたい二時には起きて、三町ほどの範囲の家やアパートに新聞を配った。折り込みチラシも入れたし、集金もしたし、ときには営業もやった。

同僚が次々と入れ替わった。いやなやつほど早く辞めた。やがて先輩がひとりもいなくなった。所長が亡くなり、次男坊があとをついだ。わたしは雪の日も、雨の日も、台風の日も新聞を配り、折り込みチラシを入れた。集金バッグを持って金をあつめ、継続のお願いをし、景品を渡した。それらを淡々と、黙々と、いっそ粛々とおこなった。休みの日は図書館に行き、本を読み、餃子とラーメンを食べて戻った。それがほとんど唯一の娯楽だった。

この生活はわたしに合っていた。年月が経っていくのと同じ速度で金がたまった。

いつかかならず社会に出なければならないと、この生活よりほかわたしは考えられない。不幸とひとくくりに呼ばれるであろう生い立ちも、少年の時分からわたしは知っていた。っていることも知っていたし、すきあらばロマンチックな想像を広げ、愛撫したがるもうひとりのわたしが身のうちにいることも知っていた。そうして、出自や、生まれつきのからだへの劣等感や、隠し持った性質への疎ましさがいくぶんか解消されるのは、勉強が得意だった学校に通っているあいだだけということも、よく知っていた。わたしの手にする自由は、はなから制限されていたのである。わたしがみずから制限したのである。わたしは、母のように身をもちくずす自由などほしくなかった。

歳をとり、新聞配達部数が減った。二代目所長は「いつまでもいたっていいんだぜ。もう家族同然だ」と言ってくれていたが、そういうわけにもいかない。

どうやら所長宅を出て行く時期がきたようだ。預金もあるし、微々たるものだが年金も出るし、独り立ちして働かなくても死ぬまで暮らしていける。そう判断した。からだが悪くなっても病院にはかかるまいと決めた。動けなくなったら、それまでだ。ひとりでひっそりと死んでいこう。その前に遺書を書いておき、迷惑をかける家主に残った預金をゆずるとしよう、と、こころづもりしていた。

歳をとっていても貸してくれそうなアパートを探した。何軒目かの不動産屋で、盛り場の一画に建つちいさな売家を紹介された。不動産屋の社員と内見に行ったさい、公園で夜明かしする少女を知った。建物をこの目で見、なかに入ってさらによく見て、即決した。

朝の公園で少女たちの寝顔に話しかけるときにも、母の顔がよぎったことがあった。金色の光につつまれたアズを見たときにも胸に浮かんだ。

すべやかな肌も、柔らかに引き締まったからだのどこもかも、つまり若さが、きよらかさを担保する若さが消え去り、きたならしさだけがぼうっと浮き上がった母の顔が、少女たちの寝顔やアズのすがたに重なった。

春が過ぎ、夏がきた。

わたしの芸術品たちのおよそ三割の腹がふくらんでいた。

どこのだれとも知らぬ男のこどもを宿し、それでも妊婦たちはしあわせそうである。

「じじぃがいるから安心」だそうである。

妊婦たちはあまり外出をしなくなった。冷房をつけているのに汗をかき、不器用な手つきで赤ん坊のための編み物に憂き身をやつしているふうである。彼女たちの頬はまだつるりとなめらかだった。高い体温がそれぞれのその頬をべに色にさせていた。

蒸し風呂みたいに暑い夕方、わたしは冷たいものを買いに出かけた。妊婦たちへの差し入れにしようと思う。

サプライズってやつだ、とわたしはひとりごち、コンビニエンスストアでアイスバーを買った。とけてしまわぬよう急いで家に帰る。早足のつもりだったが、そんなに早く歩いていない感じがした。いよいよ歳だな、と苦笑しつつ、胸をおさえた。そこが少し痛かったのだ。背なかをちりちりと燃やした強い日差しのその火先（ほさき）が胸をつらぬいたような気がした。キューピッドの矢が背なかから刺さったようだった。

ギャラリーのシャッターは上がっていた。妊婦たちは床に寝そべり、うたた寝をしていた。それぞれ、編み棒のささった靴下や帽子やケープを抱きしめて。そのなかにアズがいた。長い髪を広げていた。後ろすがたしか見えなかったが、編みかけのちっちゃな靴下を抱えたまま寝返りを打ったので、わたしのほうに顔が向いた。

強い、黄金の夏の夕日が、アズを照らした。床で寝そべり、うたた寝をする妊婦たちみんなを照らした。少女だったころのわたしの母を照らした。たくさんの母を照らした。すると、わたしの目の前が真っ暗になった。

☞P.38

どうもしない

【リトルサムライ】正式名称　サンスベリア　サムライドワルフ

たくさん種類がある「サンスベリア」の仲間なんだけど、おれが最初に見たのは、葉も大振りですごく男らしい「サムライ」という大型の品種だった。そのイメージがずっとあったから、はじめてコンパクトタイプの「サムライ」を見たとき、なんてかわいいんだ！　って思った。

——フェリシモ「世界を旅する緑の定期便」リーフレットより（文・西畠清順）

【サンセベリア属】

アフリカ、南アジアの乾燥地帯に約60種がある。堅い直立した葉をもつ多年草で、根茎は短く太い。葉は根茎より伸長し、非常に肉厚で、平らか円柱状となり、しばしば斑や斑紋が入る。

——『熱帯花木と観葉植物図鑑』日本インドア・グリーン協会編、誠文堂新光社あたしは山にかこまれたけっこうな田舎から出てきたばかりだった。家出したのだ。直接の理由は親とのけんか。さんざん言い争ったあげく、まずあたしが「こんな家出て行ってやる」と口走った。すると父親は「出れるもんなら出てってみろ」とバサッと新聞を広げ、母親は「ひとりじゃなんにもできないくせに口ばっかり達者で」とふきんでテーブルを拭きながら大げさにため息をついた。あたしは頭に血がのぼり、「出てってやるよ」と捨て科白を吐いて、自分の部屋に行き、大急ぎでキャリーバッグに荷物をつめた。

　家をあとにしたものの、ほんとうに家出する気があるのかどうか、あたし自身、じつは半信半疑だった。でも、盛り上がっているうちに実行しないとだめだと自分を奮(ふる)い立たせた。いまがチャンスだ。もしかしたら最後のチャンスかもしれない。

　親とけんかしたことは何度もあったけど、これほどせっぱつまったきもちになったのは初めてだった。テンションが下がったら、いつものように「ばかな真似はやめよう」と思い直すに決まっている。

　路線バスに乗って、駅に向かった。勢いにまかせて深夜バスに乗りたかったのだが、出発まで時間があった。あたしは自分の決心がぐらつかないよう、きっぷを買った。きっぷを握りしめ、駅の待合室で深夜バスの出発を三時間、待った。

　三時間は長い。あたしはいちばん仲のいい友だちに「さようなら」のＬＩＮＥを送った。

「マジか！」と驚く友だちに「一応、そのつもり」と返信した。その後「今どこ？」「駅」とか「金、持ってる？」「多少は」とか、「学校は？」「やめんじゃね？」とか、「もう会えなくなるんだね」「かもしれないけど、うちらはずっと友だちだよ」とか、「今までありがとう」「うん、ありがとう」とか、やり取りした。

　そうするうちに「もう後戻りはできない」きもちが固まっていった。半面、「いつ戻ってきても大丈夫」という思いも大きくなった。もしおめおめと帰ってきても、友だちなら「なんだよー」と笑ったあと、「おかえり！」と受け入れてくれそうな気がした。

　深夜バスのきっぷを買ったので、あたしの所持金は一万円を切った。地元のコンビニで得たバイト料が入ったその日に、みどり色のワンピと白いブーツを衝動買いしてしまったのだ。でも、そのふたつは先月のバイト代で衝動買いした白のファーコートにぴったり合った。あたしはコート、ワンピ、ブーツのコーデを彼氏に見せてあげたいと思った。「お、いいじゃん」とまぶしそうにあたしを見る彼氏の目が頭に浮かんだ。

あたしと彼氏は同じクラスだった。五カ月前に告られて、付き合い始めた。バイトのない日はいっしょに下校し、あたしの部屋でまったり――ときにいちゃいちゃ――過ごすのが習慣になっていた。うちは父親が会社員で、母親は毎日パートに出ている。つまり日中はだれもいない。彼氏の家は米屋だった。親はあたしと同じ共働きだが、つねにどちらかひとりは家にいる。

彼氏にあたしの部屋のベッドに腰かけてもらって、あたしは風呂場で買ったばかりのワンピとブーツに着替えた。コートを羽織って、部屋に戻り、彼氏の前でくるりと回った。彼氏の反応は薄かった。「まあ、それもいいんだけど」と頭を掻いて、わけのわからないことを言った。

思えばその日は下校中から彼氏の雰囲気が重かった。なにか心配ごとがありそうだった。あたしは彼氏の気を引き立たせようとふだんよりも明るく振る舞った。彼氏の心配ごとがあたしとの別れ話をどう切り出すかということだとは、考えもしなかった。

「好きな子ができたんだよね。向こうもおれのこと、ずっと思ってくれてたみたいで……」と真面目な顔つきで言い出され、絶句した。反射的に「だれ?」と訊いた。彼氏は「おまえの知らないやつ」と答え、「お得意さんの家の子」と付け加え、横を向いた。彼氏はたまに実家の手伝いをしていた。原チャリでの米やビールの配達だ。

あたしは彼氏の横顔を見て、彼氏のこころがすでにあたしから離れていると悟った。でもあたしの口からは「……あたしたち、ほんとうにもうおしまいなの?」という情けない言葉が出ていた。涙も出た。涙は、あたしの胸にあふれるかなしみにくらべれば、少なかった。どんなに涙を流しても追いつかないほど、あたしはかなしかった。涙など、なんの役にも立たない。ただまぶたがはれ、鼻が赤くなり、頭が痛くなるだけだ。

彼氏が去り、あたしは部屋に取り残された。あたしはベッドで仰向けになり、じっとしていた。あたしのからだは死んだふりをしているようだった。しばらくしたら、夜ごはんの時間になった。お腹などちっともすいていなかった。でも親に心配をかけたくなかったので、無理をしてでも食べるつもりだった。

ブーツを脱いで、リビングに行った。ところがその日の夜ごはんは、里芋のそぼろあんかけと、スナップエンドウの卵とじと、高野豆腐の味噌汁だった。あたしの嫌いなものばかりだ。あたしは急激に腹が立った。かなしみが怒りと入れ替わったようだった。だいたい、親はあたしが泣いていたことに気がついていないようすだった。ひとり娘が泣きはらした目をしているのに。

それで親とけんかになり、家を出たというわけだ。

深夜バスの窓から景色をながめていたら、こびとみたいな自分のすがたが思い浮かんだ。こびとのあたしは空の低いところを飛んでいて、滑るようにスーッ、スーッと地元から離れていった。その足首にはゴムひものようなものが巻きついていた。ゴムひもの先はあたしの家のどこかにしっかり結わえつけられていて、あたしが地元から離れたぶんだけ伸びるような感じがした。

深夜バスが見知らぬまちを通過したとき、ゴムひもが切れた。ていうか、すでに切れていたことに気づいた。だが、あたしの足首にはまだゴムひもが残っていた。あたしは切れたゴムひもを引きずったまま、早朝、目的地に着いたのだった。

キャリーバッグをゴロゴロと転がして、公園に向かった。行き方はスマホで調べた。家出した子たちがタムロするその公園のことは前から知っていた。家出掲示板的なサイトで入手した情報だった。化粧が派手だの、トウモロコシみたいな色の髪してだの、帰りが遅いだの、言葉遣いが乱暴だの、成績が悪いだの、こんなんでどうするつもりだだの、ちゃんと考えてんのかだの、親に好き放題言われ、むかつくたびに覗いていた。親はふたりそろって俳優かよ、ってくらいものすごく親っぽい雰囲気をつくり、あたしを叱った。でも、あたしは親が思うほど、悪い子ではなかった。学校のなかでいうと、ふつうのほうだった。

ほんとうによごれるのはこれからだ、と思いながら、電車を降り、公園まで歩いた。取り返しがつかなくなるまでよごれようとは思わなかった。あたしの考える「よごれ」は、神待ちサイトで知り合ったひとにごはんと寝る場所をサポートしてもらい、からだでお礼をする程度だった。「よごれ」というより、ちょっと危険なにおいのする冒険である。一度か二度なら、若気のいたりで済む。さいわいあたしは処女ではなかった。彼氏と経験済みだった。

めったにできない体験をして、家に帰るつもりだった。なんだかんだ言ったって、あたしがいなくなったと知ったら、親はすごく心配するだろう。事故にあったか、事件に巻き込まれたか、ときもちが乱れて、夜も眠れないかもしれない。それはやっぱり親不孝だと思う。

ただでさえ、あたしは親の思い描くイメージとはちがう方向に成長してしまった。あたしは、いつも、ちょっとだけ「すみません」と思っていた。勉強のできる清楚(せいそ)系ではなく、下の上あたりの頭のできの、どちらかというとビッチ系になってしまってすみません。

そのいっぽうで、あたしのなかには、こっそりと親が思う以上のビッチになって、鼻を明かしてやりたいきもちもあった。自分たちが勝手に思い描いたイメージとちがっているだけで、娘に申し訳なさをうえつける親へのちょっとした復讐っていうかなんというか。

公園に着き、ベンチに座った。スマホを取り出し、神待ちサイトをひらく。十八歳以上じゃないとエントリーできなかったので一歳サバを読んだ。「受け入れＯＫ」の男をひとりずつ見ていって、いちばんやさしそうで、なにかと淡白そうな二十四歳の男に写真付きのメールを送った。

「きょう家出してきました。泊めてください。お願い」

水飲み場で水を飲み、どうかというほどバクバクしている心臓を落ち着かせた。呼吸も浅かった。吸っても吸っても息は胸に届かず、なのに吐いても吐いても胸にたまった息が減らなかった。

公園を出て、大きな道路を渡った。じっとしていられなかったのだ。ディスカウントストアは開店前だったが、少し歩いたらファミレスがあった。ドリアを食べながら、

二、三分おきにメールチェックした。男からの返信はなかった。あたしは焦り、ほかのいくつかの神待ちサイトを回り、やさしそうで淡白そうな男にメールを送った。つづいて友だちに「元気だよ」のＬＩＮＥを送ろうとしたら、スマホの電源が切れた。ドリンクバーのジュースを飲んで、ディスカウントストアの開店をじっと待った。そこに無料の充電サービスがある。

充電を終えても、メールは一通も返ってきていなかった。あたしは公園に戻り、ベンチに腰かけ、複数の神待ちサイトの掲示板に書き込んだ。少し経ったら、メールがきた。写真を送ってくれるよう返事を打っていたら、またメールが届いた。そんなことを繰り返しているうちに、空が暗くなった。風も冷たくなった。

あたしはメールをやりとりしたなかからひとりを選び、深夜バスが発着する駅で待ち合わせることにした。電車を降り、改札を抜けたら、売店の前に相手らしき男を見つけた。売店の前にはたくさんのひとがいたが、目印の黒いハンチングをかぶっているのはその男だけだった。

写真で見たより顔が長く、頬がこけていて、かなりの鷲鼻（わしばな）だった。「ＳＭＡＰのＫに似ているとよく言われる」と書いてあったが、Ｋの特徴を強烈にした感じで、顔の凹凸がはげしすぎた。あたしの好みではなかった。赤い唇をひっきりなしに舐めるしぐさもきもちがわるかった。やさしそうにも淡白そうにも見えなかった。むしろ変態そうに見えた。寒気がした。

　身震いが起こったそのとき、男があたしに目を向けた。みどり色のワンピに白いファーコートを羽織った、髪の長いあたしが待ち合わせ相手だと気づいたようだ。かすかに頭を下げてから、片手をあげようかどうしようか迷っているような動作をした。あたしは男から視線を外し、大急ぎできっぷを買った。どうか追いかけてきませんように、と祈りながら改札を通り、電車に乗り込み、公園に戻った。電車のなかで男からのメールを着信拒否にした。ほかの男からのメールもみんなそうした。

　しばらく公園のベンチに座っていた。まるいかたちの花壇みたいなものの近くにあるベンチだ。少し離れた向かいのベンチにあたしと同じくらいの女の子が腰かけていた。やんちゃっぽい男の子の集団に取りかこまれていた。話がはずんでいるらしく、ときどき笑い声が聞こえた。そのようすを白っぽい電灯が照らしていた。

　あたしは、あの女の子はおそらく輪姦（まわ）されると思った。いくら「わりあい安全な公園」と言われていても、しょせんネット情報だ。しかも「わりあい」だ。確実に安全なわけではない。暗がりにはホームレスもいた。ふらつきながら公園に入ってくる中年男もいた。ここにいたら、一晩に何度レイプされるかしれない。拉致（らち）られて、さんざん痛めつけられて、殺されるかもしれない。

公園を出て、大きな道路を渡り、ファミレスまで歩いた。そこであたしはカレーライスとドリンクバーで朝までねばった。朝といっても、正確に言うと、夜が明けるまでだった。

あたしは窓側の席に座り、一晩じゅう、外をながめた。スマホは見なかった。音も消していた。あたしの書き込みを見た、べつの男たちからメールがきていた。友だちからのLINEもきていたようだったけど、あえて無視した。読んだら、きっと、帰りたくなる。たった一日の家出なんてプチすぎる。せめて三日はがんばりたい。でないとカッコつかないと思った。

月が色を薄くしながらゆっくりと動き、右のほうのちょっとだけ下までいったころ、空が明るくなった。透明なんだか不透明なんだかはっきりしないんだけど、でもすごくきれいな薄青さのなかに建物や電柱が沈んでいるみたいだった。あたしは公園に戻った。

あちこちに夜明かししたひとがいた。ベンチや、地面で眠っていた。女の子も何人かいた。そのなかに、前の晩、やんちゃっぽい男の子たちに取りかこまれていた子もいた。すやすやと眠っていて、輪姦された形跡はなかった。あたしはなんとなくほっとして、ベンチに寝そべり、ようやく眠った。

　目を覚ましたら、昼近かった。化粧をし直し、ファミレスでごはんを食べた。それからディスカウントストアでスマホを充電。ぶらぶらとそこいらを歩き回って公園にいったん戻った。と、輪姦されずにすんだ女の子がまだいた。目が合ったので、「どうも」みたいな感じでうなずいた。向こうもうなずき、それがきっかけで話をした。

　その子は二日前に家出してきたそうだ。あたしより一日先輩だった。初日になぜか景気よくホテルに泊まってしまい、お金がなくなり、野宿を余儀なくされたのだそうだ。

「怖くない？」

　と訊いたら、

「慣れた」

　と答えた。

「慣れるの早いね」

　と言ったら、

「家に帰りたくないんだよね」

　と下を向き、すねをさすった。黒いタイツをはいた、太いすねだった。あたしも同じ動作をした。あたしの剝き出しのすねは驚くほど冷たかった。膝と足首はそれより冷えていた。あたしは足首を摑み、深夜バスで思った、切れたゴムひものことを思った。

「ここで一晩寝るのって寒くない？」

と話題を変えるみたいな声で訊くと、

「いまはまだ耐えられるけど」

冬、やばいよね、という答えだった。

「やばいよ、冬は」

下手したら凍死だよ、とあたしが少し笑ったら、その子も笑った。その拍子にお腹も鳴った。かなり大きい音で、長く鳴った。きのうの昼におにぎりをひとつ食べただけだと言う。そんなにギリギリなのか、とあたしはびっくりし、なおかつ同情し、同時に姉御肌のようなものが発動し、結果、ファミレスでおごることにした。

その夜はその子とふたりで夜明けまでファミレスでねばった。家出を続行するには稼がなきゃならないとか、でも住所不定だとバイトすらできないとか、だとしたらやっぱり神待ちなのかなとか、そんな話をした。

その子には言わなかったけど、あたしは明日か明後日、家に帰るつもりだった。勢いで家出はしてみたものの、そんなに愉しくなかった。中途半端ではあるが「めったにできない体験」は初日にクリアした。二日目にもスリルを感じた場面はあったが、それ以外は地元で学校をずる休みしている感覚とそんなに変わらなかった。破格の解放感はあった。でも、それは緊張感や不安や恐怖とワンセットで、リラックスできなかった。ファミレスにいても、公園にいても、お尻の下で虫が這い回っているみたいにソワソワして、落ち着かないのだ、とここまで考えてハッとした。

トイレに行って、財布のなかみをたしかめた。何度数えても、深夜バスのきっぷ代には足りなかった。

あたしの頭にとっさに浮かんだのは親に助けをもとめることだった。いよいよとなったらそうすればいいと考えたら、きもちが少し軽くなった。でもそれはぜったい、ほんとうの「いよいよ」であって、要するに、最後の手段だと肝に銘じた。だからといって所持金を増やすあてはなかった。なんとかなるさ、と自分自身に言い聞かせるしかなく、言い聞かせても、どうにもならなくなったらどうする？　という問いかけが浮かんだ。だから、そのときが「いよいよ」なんだって、とあたしは問いかけをつぶそうとしたのだが、あたしのなかに、それはまだ「いよいよ」ではないのではないか、と主張するあたしがいた。ほんとうの「いよいよ」とは親に助けをもとめることすらできなくなったときではないのか。

　空が薄青くなったころ、ふたりで公園に戻った。あたしが言葉少なになってしまったので、その子もあんまりしゃべらなかった。それぞれ、無言でべつのベンチで横になった。じじぃに声をかけられたのは、眠りに入ってすぐだった。

「どうしたの？」

（どうもしない）

　あたしはこころのなかでつぶやいた。じじぃは見るからに貧相だった。すごく背が低くて、小顔だった。小学生みたいなじじぃなのだった。全体的にみすぼらしい印象があった。勝てる、と直感で思った。あたしは余裕でじじぃより上になれる、と。

「朝から元気いいね」

　経験豊富なビッチみたいな科白が口をついて出た。

「一万円。前払いで」

　だいたいそんなもんかな、という値段をそれっぽい口調で言った。じじぃが黙り込んだので、「八千円でもいいよ。モーニングサービスだ」と言い直した。それだけあれば、深夜バスの切符が買える。じじぃとエッチする気なんてまったくなかった。お金をもらったら、逃げるつもりだった。万が一、逃げ遅れてしつこくされたら、グーも持ち合わせがない、とじじぃが言うので、家までついていった。あたしはちっとも怖くなかった。

これでお金が手に入る。濡れ手に粟だ、とこころのなかでほくそえんでいた。じじぃの家に着いたら、「やっぱり一万円」と言おうと決めた。そしたら、余ったお金をあの子にあげられる。

あたしはじじぃの痩せてちいさな背なかを見て歩いていた。どうしてなのかは分からないけど、突然目の前にあらわれた妖精のあとをついていっているような気がした。じじぃなのに、おかしなことだ。だが、じじぃには、あたしの知っているひとたちとはちがう雰囲気があった。ちょっとこう、この世の者ではない感じだ。

じじぃの家は、とてつもなくオシャレだった。じじぃの家とは思えなかった。壁と階段は白で、シャッターと三角屋根は栗色だった。白と栗色といっても、それぞれの色が微妙にちがっていた。部屋のなかはけっこうふつうだった。でもガス台もシンクも冷蔵庫も、じじぃに合わせたようにちいさかった。ドールハウスみたいで、すごく可愛い。あたしはドールハウスのお客さんになったような心地がした。

「シャワー浴びたいんだけど」

靴を脱ぎ、立ったまま言った。家出してからお風呂に入っていなかった。お金をもらうついでにサッパリしようという魂胆だったのだが、「風呂はないんだ」とじじぃが言った。

「けっこうオシャレな家なのに風呂もないんだ」

あきれてみせたものの、頭のかたすみでは、たしかドールハウスの基本セットにお風呂はついてなかったよな、と納得していた。

じじぃは「近くに銭湯があるんだ」とかなんとか、言い訳っぽくつぶやいていたが、あたしのきもちは「ならば、お金を」にかたむいていた。「さっさと片づけたい」みたいな。じじぃは「銭湯にはコインランドリーもあって」とつぶやきつづけていた。あたしとじじぃは、ふたりとも突っ立っていた。買春じじぃと女子高生が部屋のなかで立ち話だ。じじぃはこういうことに慣れていないのだろう。あたしはおもしろくなり、ちょっとじじぃをからかいたくなった。じじぃに近寄り、ベルトに手をかけた。

「このごにおよんでカッコつけてんじゃないよ」と言いながら。

じじぃはあわててあたしの手をおさえた。「いや、大丈夫。そういうの、ほんと、大丈夫」と頬を染めて。じじぃは色白なのだった。たぶん、日に灼けても赤くなるタイプの。

あたしは、ふん、と鼻を鳴らし、「変わってんね」と投げるように言った。じじぃに拒否されたのが少しだけ悔しかった。あたしの筋書きでは、あたしは鼻息荒く迫るじじぃを「だーめ」と押しとどめ、「一万円、前払いで」とクールに髪を掻き上げることになっていた。

「ていうか、あんた、おじいちゃんなの？　おばあちゃんなの？　ちょっとどっちか分かんないんですけど」とせせら笑ってしまったのは、じじぃのようすが乙女のようだったからである。よく見れば、じじぃは整った顔立ちをしていた。目も鼻も口も、大きすぎず、ちいさすぎなかった。どれもかたちがきれいで、ちいさな顔のちょうどいいところに配置されていた。男らしさが残っているのは眉だけだった。あたしが初見で「じじぃ」と判断したのは、着ているものと、この眉のせいだろう。全体的には「ばばぁ」でも通りそうな、やさしい顔だった。

じじぃはうつむき、黙ってしまった。傷ついたようだった。あたしは「だから妖精だと思ったのかなー」とあたしなりのフォローをしたのだが、こころのなかでのつぶやきなので、じじぃに聞こえるはずがない。口にしたのは、「超腹へってるんだけど」という言葉だった。床に腰を下ろし、体育座りをした。

じじぃのつくってくれた朝ごはんをふたりで食べた。あたしは食器を流しに片づけた。いつも家ではそうしていた。親に言われて仕方なくやっていただけだったのだが、からだにしみついていたようだ。「ありがとう」とじじぃに言われ、驚いた。そんなこと、うちの親は言わなかった。それに、あたしは朝ごはんをつくってくれたじじぃにお礼を言わなかった。親にも言ったことないんだけど。

用事が済んだので――ほんとうは済んでないのだが――、公園に戻ろうと思った。でも、なんだか名残惜しかった。するとじじぃが一階を案内すると言い出した。あたしはうなずき、じじぃのあとにつづいて階段を降りた。このときも、妖精のあとをついていっている感じがした。

一階には机しかなかった。二階よりも広い部屋だった。じじぃはガラスのドアを開け、靴下のまま外に出て、シャッターを上げた。日が入ってきた。金色の日差しだった。その色でこの部屋がいっぱいになった。

「いいじゃん。超いいじゃん、ここ」

あたしは目を見ひらき、両手で口をおさえた。

部屋のなかを見回した。金色の光をまとった壁、机、床、そして天井。空気までがすごく明るい。といっても、のべつまくなしハイテンションでしゃべりつづけるひとみたいな疲れる明るさではなかった。柔らかな、よいにおいのする毛布でつつまれるような、あたたかな明るさだった。もしかしたら、とあたしのなかにこどもっぽい考えが浮かんだ。ここは妖精の国なんじゃないか。

「ねえ、あたし、ここにいてもいい？」

机に腰かけ、足をぶらぶらさせた。

「あたしがもらうはずだった一万円を家賃代わりにするってことにしない？」

あたしはここに住みたかった。妖精の国の住人になりたかった。家出して初めて落ち着ける場所を見つけた。

じじぃは気づかなかったみたいだけど、あたしはその日のうちに、家出の先輩であるあの子に声をかけ、ここに住まわせた。じじぃからもらったシャッターの合鍵をコピーして渡した。

あたしたちは毎日バイト探しをした。じじぃにさりげなく訊いたここの住所を履歴書に書き、それを持って、ハンバーガー屋や古着屋に面接を受けに行った。ぜんぜん採用されなかったので、いっそ軽い風俗でも、と飲屋街をうろついたことも何度かあった。夜遅くまでうろうろしていても面接を受ける決心さえつかなくて、じじぃの家に帰った。

あたしはじじぃにごはんを食べさせてもらっていた。あの子の食費はあたしが出した。あたしはもう家に帰る気がなくなっていた。ふところはさびしかったが、深夜バスのきっぷを買わなくてもよくなったので、あの子のごはんの面倒くらいはみれた。でも、あたしの所持金には限度がある。節約しても一週間持つかどうかだった。

だからあたしはあの子にふたりでじじぃのごはんを食べようよ、と何度か持ちかけた。でもあの子はかたくなに遠慮した。じじぃとごはんを食べるのはあんたの特権だ、とそのようなことを言っていた。

公園にも毎日行っていた。知り合いが増えた。新顔の子には、あたしのほうから声をかけるようになった。公園は情報交換の場になった。おかげであたしとあの子はティッシュ配りなどの短期のバイトにありついた。あたしとあの子が提供する情報はほとんどなかった。「住むところがある」という超ド級の情報は持っていたが、だれかれかまわず教えるわけにはいかない。信頼できると判断した子にだけ耳打ちし、シャッターの合鍵のコピーを渡した。

厳選したのだが、じじぃの家の一階に住む女の子はどんどん増えた。冬になるころには、これ以上ひとりも住めないところまで増えてしまった。フラッとすがたを消す子もいたが、そのぶん新しい子が入ってくるので、人口密度は変わらなかった。さすがにじじぃも気づいたようだったが、なにも言わなかった。

大人数になると不便な点が出てきた。みんなで「ぜったい欲しいものリスト」をつくり、ひとつずつ、じじぃにお願いしてそろえた。じじぃへのお願い係はあたしだった。みんな、なぜかじじぃと直接話すことにたいして尻込みした。じじぃと話すのはあたしだけ、という空気ができあがっていたのだ。

もしかしたら、この部屋に住めるようになった立役者であるあたしに気をつかっているのかな、と思い、また、みんなをじじぃと触れ合わせたいという思いもあり、あたしは、毎日、ひとりずつ、じじぃとごはんを食べる制度をつくった。

みんな、じじぃを妖精みたいだと言った。観音さまみたいと言った子たちもいた。妖精派のなかにはガーデニングとかで花の合間にかざる置物っぽい、と言う子がいて、観音さま派には、なでるといいことがありそう、と言う子がいた。あたしたちはみんな、じじぃがけっこう好きだった。住まわせてもらっているからとか、エアコンやらなにやら買ってくれたからではなく——それもあるけど、それだけではなく——じじぃそのものを大切に思っていた。

あたしたちはプレジャー・アイランドにいるようだった。

『ピノキオ』に出てくる、学校にいかない悪い子があそぶ遊園地だ。そこではなにをしてもいい。ものを壊しても、けんかしても、夜更かししても怒られない。調子に乗って怠けすぎ、ロバになってしまう。

　あたしたちは学校にいかない悪い子たちだったし、夜更かしもしたけれど、ものは壊さなかったし、たまに揉めても、けんかにはならなかった。ロバになってしまうほど怠け者でもなかった。バイトの口があったら、ちゃんと働いた。なかったら探した。お金があるときは、お金のない子の力になった。夜の仕事をしていた子が六人いて、その六人はしょっちゅう店を変えた。その六人はいつもみんなに気前よくおごってくれて、クッションとかごみ箱とかコップとかを買ってくれたし、銭湯代も出してくれたので、その子たちにお金がないときは、みんなで、全力で助けた。

　みんな、自分たちの家のことを忘れたようだった。本気で忘れてはいないけれど、家にいるよりここちいいここの暮らしのほうを気に入ったようだった。少なくとも、あたしはそうだった。でも、足首には、いぜんとして切れたゴムひもが巻きついていた。そのゴムひもの先を、ここに結ぶことは、あたしはなぜかできなかった。

　妊娠に気づいたのは春だった。

夏にはお腹が大きくなった。あたしだけではなかった。トータルで七人のお腹が大きくなっていた。

あたしのお腹の子の父親は元カレ以外考えられなかったが、ほかの子たちの相手は知らなかった。訊かなかったし、その子たちも話さなかった。

あたしたちの妊娠を、みんな喜んでくれた。バイトができなくなったあたしたち妊婦グループのために、いっしょうけんめい働いてくれた。

あたしは自分の妊娠にショックを受けていた。不安でもあった。細かくて具体的な心配の種が寄りあつまって、巨大で漠然とした不安になった。というか信じられなかった。マジとかガチとかの言葉を使えないくらい、信じられなかった。お腹のなかの赤ちゃんがある日、ぬるりと動き、現実だと思い知らされた。そしたら泣きたくなった。どうしてなのかは分からない。ただ、あたしと赤ちゃんをつないでいる、へその緒ってやつが、あたしの足首に巻きついたままの切れたゴムひもと重なっただけなのに。

でも、みんなの応援のおかげで元気になった。みんな、口癖のように「じじぃがいるから安心」と言ってくれた。あたしはじじぃがどのくらいお金を持っているか知らなかった。じじぃには働いているようすがなかった。きっと貯金がたんまりあるんだろうな、とは思っていたが、トータル七人の妊婦グループの出産費用となるとどうだろう、というのが正直なところだった。

　赤ちゃん雑誌で仕入れた情報によると、ひとり何十万もかかるらしい。出産育児一時金ってものがあって、こどもをうんだら、それがもらえ、収支はトントン（むしろ若干オン）になるようなのだが、そうするためには健康保険組合に入っていなければならない。あたしたちのなかでそんな組合に入っている子はだれもいなかった。だから、出産育児一時金というものはもらえない。いや、その前に分娩代とか入院費とかを払わないといけないんだけど。

　じじぃは、あたしたちの妊娠に気づいても、なんにも言わなかった。いつものようにニコニコしていた。ときに「調子はどう？」と気遣ってくれ、あたしたちの出産費用ぶんのお金は持っていることがしのばれた。お願いしたら、エアコンや電子レンジのときみたいに「はい」と「あい」のあいだくらいの発音でうなずき、次の日には用意してくれるにちがいない。

　でもというか、だからというか、あたしたちはじじぃの出費をなるべくおさえるため、もうだめ、うまれちゃう、ってタイミングがくるまで病院に行かないと決めたのだった。

あたしは机に腰かけて、足をぶらぶらさせながら、息子を見ている。息子はおしめをつけたでかいお尻をフリフリさせて、立ち上がって拍手をしようとしたり——でもヤツの手は冗談みたいに合わさらない——尻もちをついたりしている。ヤツはたいてい機嫌がいい。なにをしていても、顔じゅうで笑いながら、よだれをじゃぶじゃぶ垂らす。いま、よつんばいになった。床に落ちていた三角の積み木をガッツリ摑み、口に入れる。真っ白なちいさな歯を立ててみたり、ピンク色の舌で舐めたりする。

積み木くらいなら口に入れてもかまわないと思う。便所スリッパとかだったら、さすがにばいきんがやばいけど、それ以外ならだいたいオッケーとあたしはしている。息子はもうすぐ一歳になる。あたしは十九になる。

早いもんだ、と壁に後ろ頭をつけた。スポットライトに目がいく。ハチミツみたいな色の明かりの出どころを見ようとした。見れば見るほどぼんやりしてきて、かたちがよく分からない。明かりの出どころの放つ光が、もともとのすがたを隠しているのだ。

あの日のことを思い出した。じじぃが部屋の前で倒れたとき、あたしたち妊婦グループはうたた寝をしていた。編み物をひと休みしたら、眠たくなってきたのだ。目が覚めたら、外は薄暗かった。夕方の終わりと夜の始まりが重なり合う時間だった。

ガラスドアの向こうで、じじぃがうつぶせで眠っていた。じゃなくて、倒れているんだ、とすぐに気づいた。みんなで外に出て、倒れているじじぃを取り囲み、地べたに膝をつき、「じじぃ」「じじぃ」とさけんだ。肩に手をかけ、揺すってみたのだが、じじぃは人形みたいに揺すられるだけだった。ひとりがスマホを持ってきて、「救急車だよね。救急車でいいんだよね」とちぎれそうな声で言った。「119だよ」「119」「それって火事なんじゃ」「だけど119なんだよ」「119で救急車がくるんだよ」「110番じゃないほうだよ」と、あたしたちは口々にがなり立てた。じじぃのすぐ横にコンビニの袋があった。水になったアイスが入っていた。

じじぃが心臓の発作で亡くなったあとはたいへんだった。

あたしたちはじじぃのことをなにも知らなかった。訊かれなかったので、訊かなかった。病院のひとになにを訊ねられても答えられなかった。警察のひとに訊ねられてもおんなじだった。

警察では、ひとりずつべつべつに話を訊かれた。じじぃ一名、妊婦七名、女子十七名がひとつ屋根の下で暮らしていたのだ。この状態だけ抜き出せば、たしかに奇妙だ。警察のひとが信じたのかどうかは分からないけど、あたしはありのままを話した。

警察はお腹の子の父親はじじぃか、みたいなことをしつこく訊いてきた。「ぜったい、ちがう」「それはない」と何度あたしが答えても、時間を置いて訊ねた。だからあたしは父親は元カレだと言った。妊婦グループのみんなも父親の名を言わされた、と言っていた。そのほかの女の子たちは、じじぃにいやらしいことをされなかったか、みたいなことをやはりしつこく訊かれたようだった。

その前に、あたしたちは、みんな、親の名前と住所を訊かれていた。それぞれの親があっちこっちから迎えにきて、みんな、それぞれの地元に帰った。じじぃの家にはだれもいなくなった。

「無事でよかった」

「なにも言うな」

とあたしの親は、あたしを迎えにきたときに言った。母親は、あたしの両ほうの二の腕を摑み、はげしく揺さぶった。ふたりとも泣いていた。あたしも涙が出た。親はまとはずれなことを言ってるな、と思ったけど、情のようなものが込み上げて、コントロールできなかった。じじぃへのかなしみも、胸のなかでまんぱいになっていた。じじぃはほんとうにいなくなったんだ。この世にもういないんだ。そう強く思った。

じじぃは遺言書を残していた。公正証書とかなんとかいう正式なものだった。あたしはあの家を譲られ、あの家の目の前にある公園を管理する役所はじじぃの預貯金を譲られた。

「アズは、ほんとうはなんていう名前なの？」

ごはんをいっしょに食べているとき、じじぃに訊かれたことがあった。答えたら、「どういう漢字なの？」と訊くので、教えた。「ああ、すてきだね。うん、すてきな名前だ」とじじぃは満足そうにうなずいた。

あたしはあの家をいつかまた、プレジャー・アイランドに戻すんだ、と考えていたのだが、こどもをうんだら、その考えにあまり興味がなくなった。まず高等学校卒業程度認定試験という長ったらしい名称のテストを受け、それからなにか資格をとって、と、そちらのほうに気がいった。今後は女手ひとつで息子を育てなければならない。でも資格をいかした仕事につくまで、あたしは無職だ。母子ともども親の世話になるのは気がひける。

父親に頼んで、あの家を売る手続きをしてもらった。父親は安心したようだった。持っていってもしょうがない、と繰り返しそう言っていた。二度と行かないんだからな、と。

買い手があらわれ、契約書を取り交わした。あたしがやったのは自分の名前を書くことだけだった。受け渡す前に、一度だけ見ておきたくて、息子を連れて深夜バスに乗り込んだのはきのうの夜である。トートバッグのなかには、みんなから返してもらったシャッターの鍵も入っていた。

　あたしは伸ばした手をまたのあたりで重ね、目を閉じた。ハチミツ色の光を受けているので、まぶたの裏が明るい。そしてあったかい。しあわせなきもちになっていたら、息子があたしのすねにかじりついてきた。元気出せよ、というふうに、すねを叩く。あたしを見上げ、よだれをじゃぶじゃぶ垂らして笑う。

「元気だよ」

　元気いっぱいだ、とあたしは答えた。息子の顔を見た。ヤツの眉はじじぃに似ていた。じじぃの顔のなかで一カ所だけ男らしい、おさむらいさんみたいな眉を、どうしたもんだか、うちの息子が受け継いだのだった。きっと、妊婦グループみんなのこどもも、どこかがじじぃに似てるんだろう。きっとそうだと思った。そうだったらいい。

☞P.62

いろんなわたし

【ひなげし】

Papaver rhoeas L. ＊ぐびじんそう（虞美人草）＊＊Corn Poppy, Cup Rose, Knap-Bottle

欧州原産の1年草で、高さは50～60㎝となり、茎は直立し、あらく分枝して5～6月には先端に美しい4弁の赤い花を開く。つぼみは下を向いている。葉は互生で羽状に全裂または中裂し、茎も葉もあらい毛がある。

――『園芸植物図譜』浅山英一著、二口善雄・太田洋愛画、平凡社

【coquelicot】

1.《植》ヒナゲシ、グビジンソウ.
2.《菓子》コクリコ［ボンボンの一種］.

――『新コンサイス仏和辞典』三省堂

ヒナゲシはシェークスピアの『オセロ』で眠り薬のひとつとして出てくるように、眠りと忘却のシンボルである。

――『園芸植物大事典2』青葉高ほか編、小学館

ひなげしは事故に遭った。つゆ玉みたいに透き通った雨のふる、四月下旬のある日だった。

大学の帰りに、できたてほやほやの友だちとアイスクリームを食べながら、今年十九になる若い娘なりの来し方行く末を小鳥のようにピチュピチュさえずり合ったあと、ひとりでバスに乗り、最寄りの停留所で降り、少し歩いて、信号は赤だったけれど車通りが少なくて幅の狭い道路だったので、いつものように信号無視して横断歩道を渡ったら、路上駐車していたトラックの後ろからやってきた白いセダンに撥ね上げられ、空中に放り出され、地面に叩きつけられたのだった。

ひなげしは頭を強く打った。白いセダンを運転していた男が駆け寄ったときには、血を流し、いびきをかいていた。救急車のなかでも昏睡がつづき、入院から一カ月近く経ったいまも清明な意識は戻っていない。呼吸器からは解放されたが、鼻からチューブで栄養をとり、おしめをあてられている。

ベッドに横たわったままであるものの、眠ったり目覚めたりはしているようだ。目は開けるときもあれば、閉じるときもあった。からだを揺すると、唸(うな)り声で反応する。よくなっている、と緑は思う。

このまま少しずつでも回復し、娘が、いつか、起き上がることを祈っている。朝日を浴び、大きく伸びをしたのち、なんでもない、いつもの顔でこちらを振り向き、「あら、おかあさん、おはよう」と声をかけられることを願っていた。

緑はひなげしが好きだった音楽を聞かせた。ひなげしが好みそうな番組があれば、テレビをつけた。緑が気に入った曲だったら「ねえ、これ、すごくいいよね」とひなげしに話しかけ、見知らぬ芸能人が出ていたら「このひと、だれ？」と訊ねた。

ひなげしは答えなかった。身動きもしなかった。ふだんのひなげしなら、「やっぱり？　おかあさんもそう思う？」とその場でくるっと一回転しそうなくらい喜ぶか、テレビから目を離さず、「しーっ。いまいいとこ」と細いひと差し指を唇にあてるかした。そのたび、緑はひなげしをまだまだこどもだと思った。ほぼ同時に、たとえばひなげしが就職し、初めてのお給料日にちいさなプレゼントをひょいと差し出され、「まだまだこどもだと思っていたのに」とうっすらと涙ぐむシーンなぞが頭をよぎった。

「……こんなこと言ったら、むくれちゃうかもしれないけど」

その日も緑はひなげしに話しかけていた。

面会時間が終わるまであと一時間と少しである。

仕事が退(ひ)けて、病院にやってきた。緑はカジュアルブランドのショップに勤めている。早番なら仕事帰り、遅番だったら出勤前に立ち寄っていた。週に二日の休日には、より長い時間をひなげしと過ごすことにしていた。

「ひなが事故に遭ってからは、いいことしか起きてないんだよ。あのね、ひなが事故に遭って、大けがした日をゼロとするでしょ。そしたら、次の日のイチからきょうまで悪いことは起こってないの。ひなは生きてて、よくなってるし。感染症だってわりあい軽くすんだし」

もちろん、油断は禁物だけど、と緑はひなげしにほほえみかけた。ひなげしは半眼だった。細く覗いた黒目はただどろりと黒いだけで、「いいこと思いついた！」というふうな、ひなげしらしい、いきいきとした輝きは放っていなかった。肌もいくぶんくすんでいた。病室の照明のせいもあるのだろうが、ソラニンの増えたじゃがいもの皮のような、黒ずんだみどり色の影がついていた。

緑の目からはちがって見えた。ひなげしはあかるい顔色をしていた。少し覗いた黒目には、なんとなくではあるのだが、もの思う力強さとでもいうべきものが戻ってきつつあった。

緑はいつものように、ひなげしの足の甲を両手で持ち、裏側を親指で圧したり揉んだりしていた。ひなげしの足の裏があたたかくなるにつれ、血色もよくなるような気がするのだった。こうしていれば、いつかかならずひなげしの頰はべに色に染まり、濡れた石炭みたいな黒目をぱっちりひらくと信じている。

「ひなを撥ねたひともいいひとだったし。ななな一んと、さる会社社長のご令息であらせられたりなんかして」

四十二歳になっても世事にうといところのある緑は、その会社名を聞いたことがなかった。翌日に弁護士が破格の見舞金を持ってきて、通信業界では名の通った会社だと思い知った。

見舞金には「ご令息」からの手紙も添えられていた。封を開けたら、白い、縦書きの便箋にちいさな文字がならんでいた。幼い字だった。握り箸のようなペンの持ち方でしたためるすがたが目に浮かぶようだった。

「ご令息」は四十代だと聞いた。緑と同じだ。大人になってもこどものような字しか書けないのも同じ。丁寧に書いたにちがいないのに、うまくかたちをとれない字で彼は思いの丈を率直に書いていた。「多大な」とか「ご迷惑」といった、通りいっぺんの大人っぽい言葉は使っていなかった。彼はひなげしの容態をこころから案じ、謝罪していた。少なくとも緑はそう読んだ。

　事故当日、ご令息の妻と彼の両親が、ひなげしの搬送された救急病院に駆けつけた。青ざめ、強張る(こわば)あまり無表情に見えたご令息のご家族は、それぞれ、てんでに、何度も何度も、緑に謝った。緑が覚えているのは、彼らの声だった。吐き気があるのに胃液しか出てこないときのような声だと感じた。彼らのお腹のなかに余計なものはないはずだ。

「と、あたしは思うんだ。でも」

　ひなげしの足の指を一本ずつ回しながら、緑は話しかけつづけた。

「六月だかの株主総会でご令息が社長になる予定なんですって。ちょっとでもいやな噂を立てられたくなくて、『事故のことは黙っておいてくれ、頼むからごねないでくれ』って意味でお金を握らされた、って言うひともいてねえ……」

　それは別れた夫の意見だった。

　事故から数日後の土曜日に病室を訪れた。すぐに来られなかったのにはわけがあった。機械メーカーに勤める彼は、タイに駐在していた。異動が決まったのは二年前だった。それを機に離婚した。その前からうまくいっていなかった。なにかあったというのではなく、夫婦のきもちがゆっくり離れていったのだった。

そのことを、ひなげしには、こう説明した。今後は緑とひなげし、ふたりで暮らしていくことになる、と告げたあとだった。

「えっと、まず、冷凍庫を思い浮かべてみて。そこに花びらみたいな、きれいで、かわいくて、このうえなく甘くて、しあわせな味のするケーキがたくさんしまってあるとする」

出会い、初めてのデートや、いくつかの思い出深いデート、プロポーズ、披露宴、ハネムーン、妊娠が分かったとき、妊娠中のあれこれ、出産などなど、緑と夫のきもちが重なったり、愛情が深まったりしたときのことを緑はケーキにたとえた。いつまでも新鮮でいてほしくて冷凍庫にしまっておいた、と。

「でも、気がついたら、冷凍焼けしちゃってたんだ。びっしりと霜(しも)がついて、乾燥してパッサパサになってて、とてもじゃないけど食べられない、冷たいだけのものになってた、ってわけなんだよ」

「ふーん」

ひなげしは分かったような、分からないような顔つきをした。ソファの上であぐらをかいていた。ひし形にひらいた足にクッションをのせ、そこに頬杖をついていた。頬から手をはずし、

「新しいケーキができることはもうないの？　みんなでタイに行って、タイで暮らして、そこで新しいケーキができたりしないのかなあ」

と訊いた。

「残念ながら」

緑はやさしく首を振った。夫はタイでべつのひととケーキをつくる。

「言ってみただけさ！」

ひなげしはクッションを勢いよくたたき、すうっと緑から目をそらした。長く垂らしていた髪を後ろで結わえる身振りをしてから手を離し、「青天の霹靂(へきれき)ってわけじゃないし」とつぶやいた。「もしかしたら、とは思ったけど、なんとなくだけどけっこう絶対に現実にはならないと思ってた」と頭をかたむけた。

緑はうなずいた。自分も似たようなきもちだった。ちがっていたのは、「もしかしたら」の確率が年々上がり、「現実にはならない」ほうの確率が着実に下がっていった点である。

正社員募集の求人に応募したのは五年前だった。採用されて、ほっとした。これでいつ「そのとき」がきても生活はできる。カツカツだけれど、ひなげしとふたりで生きてはいける。

夫の「出張」が増えたのは、初めての接客業に慣れたころだった。勤めているショップに、すがたかたちは悪くないのになぜかうずもれてしまうタイプの若い女性がしばしば訪れ、緑をじっと見つめるようになったのは三年前。

緑は隣に座るひなげしの横顔を見ていた。ひなげしは唇を少し開けていた。動きのない目をしていた。フッと息を吐き、「しかーし！」と緑に活きのいい顔を向けた。

「こどものために我慢して別れないとかいうのよりはいいと思う」

こどもからしてみたら、そういうのってたまったもんじゃないよ、と腕組みして、眉根を寄せてみせた。

「がんばろう、母子家庭」

両手を挙げ、ハイタッチをせがんだ。

「よし、がんばろう、母ひとり子ひとり」

緑も両手を挙げ、ひなげしと手のひらを打ち合って、声を出さずに笑い合ったものである。

別れた夫は、病室に入り、目に飛び込んできたひなげしのすがたをしばらく凝視したのち、がふっ、という呻き声か鼻息かを漏らし、視線をそらした。泣こうか怒ろうか迷っているように肩がふるえていた。そのまま病室にとどまることはできかねたらしい。大股で廊下に出た。

弱いひとだだと緑は思った。彼は「ほとんど死んでいるような娘」と向き合うのが怖いのだ。かわいそうで、かわいそうでたまらなく、つらくて、つらくてたまらないから、目をそらすのである。

少し時間を置き、緑も廊下に出た。そこで夫が株主総会での社長交代の噂をもとに、金で丸め込まれるな、というようなことを言ったのだった。

会社の伝手をたどり交通事故に強い弁護士を探しておいた、とも言い、相手は早めに示談をまとめようとしてくるだろうが、その手に乗ってはいけない、ひなげしのようすをみつつ根気強く進めるんだ、とつづけ、「おれもできるだけ援助する」と約束した。

「ありがとう」

緑は彼に頭を下げた。「心強いです」と付け足したその声が自分の耳にもそらぞらしくひびいた。

当のひなげし――そこなわれた肉体を持つひなげし――はまともに見られないくせに、交通事故の被害者としてのひなげし――観念としてのひなげし――なら、こころ乱れることなく対処できる夫に鼻白んでいたのだった。

事情通ぶってる、とも思えた。パソコンにかじりつき、必死で検索するすがたがよぎった。おそらく彼は緑が毎日メールで報告するひなげしの容態も検索窓に打ち込んだはずだ。死亡か、寝たきりのままか、意識が回復しても重い後遺症が残るかの悪い結果しか頭に残らなかったにちがいない。彼には、そういう、悲観的なところがあった。きもちが寄り添っていたときには、冷静で頼もしいと感じていた。

「あいかわらずだな」

緑の言葉のそらぞらしさに気づいた夫が口もとをゆるめた。

「能天気というか、おめでたいというか」

とひとりごち、「なんでもかんでも自分の都合のいいように解釈して、『まだ最悪じゃない』とか『うまくいってる』とか思ってんだろ」と緑を見つめ、「そんな顔してる」と割れた顎(あご)をつまむようにした。

「自分のおめでたさに付き合ってくれないやつには、不機嫌を隠さない。いや、隠そうとしても、できない」

そう言って笑ったような表情を浮かべた。

「ありがたいのは、ほんとう。情報が増えたし、弁護士さんのことも助かる。あたしひとりじゃ無理だし、気づかない」

そして、と緑はちいさな顎をつんと上げ、背の高い別れた夫を見た。

「ひなげしの状態が最悪じゃないのも、ほんとう」

だって、希望の余地があるんだから、とは口にしなかった。奇跡みたいなものが起きるかもしれないし、という言葉も飲み込んだ。そういう甘いお菓子みたいな言葉を、別れた夫は「くだらない」のひとことで切り捨てる。

「……そうだな」

最悪じゃない、と別れた夫は繰り返した。視線をさまよわせたのち、「頼むよ」と、恋人同士だったころのように緑の頬を痛くなくつねった。

「ご令息と弁護士さんのおかげで、こんなにいい病院に移れたし」

緑は病室を見回した。

シャワー、トイレ付きの個室である。ソファをふくめた家具、ベッドのヘッドボード、フットボードは茶系か木材で統一されていて、壁は白。清潔で、あたたかみがある。

視線をひなげしの顔に戻し、いたずらっぽい表情で――「トクしちゃったね」と言うふうに――肩をすくめた。ふうっと息をつき、青い花模様のふとんに目を移す。娘の足の裏を揉む自分の手がもぞもぞと動いている。

(お金の心配なんかいらないからね)

胸のうちでひなげしに告げた。一年前のできごとが頭のなかをよぎった。

夜、ひなげしとふたりで台所に立ち、洗いものをしていたときだった。緑が洗ってゆすぐ係で、ひなげしは拭く係だった。おかめとひょっとこの柄ふきんで茶碗を拭いていたひなげしがふと手を止め、つぶやいた。

「やっぱり就職しようかな」

ひなげしは高校三年生だった。

「えー、なんで？　通訳か、通訳案内士になりたいって言ってたじゃない。がんばってたんじゃないの？」

「……だってさー」

ひなげしは下を向いた。首が長く見えた。

「うち、そんな裕福じゃないじゃん。無理して大学いったとしても、元父から養育費をもらえるのはこどもが二十歳になるまでなんでしょ。それだと大学二年までだ。もちろん、いまのバイトはつづけるよ。第一志望の大学に入れたら、もっといいバイトが見つかるかもしれないしね。それでも限度があると思うけど。あと、奨学金って手もあるよね。でも、あれ、けっこう長期にわたって返済しなきゃいけないって言うじゃん。結局、借金じゃん。だったら、高卒で就職して、コツコツお金を貯めて、自力で大学いったほうがよくない？　遠回りになるけど『急がば回れ』ってことわざもあるし、モチベーションさえ下がらなければ、いけそうな気がするんだ」

うつむいたまま、ひなげしは早口で言った。ぎゅっ、ぎゅっ、と音が立つほど力を入れて茶碗を拭いていた。

「いや、大丈夫なんだな、それが」

あれこれ悩ませてごめん、気を遣わせてごめん、とにかくごめん、と謝ったあと、緑はあかるい声で告げた。

「養育費はひなが大学を卒業するまで振り込まれる約束なんだよ。それに学資保険が満期になる」

学資保険は、別れた夫と緑が二対一の割合で支払っていた。離婚時に分けた預貯金を合わせたら、たとえ私立大学に進んだとしても学費はなんとかまかなえる。

「おお、なんという朗報」

ひなげしは目を真ん丸くし、おかめとひょっとこの柄ふきんを胸のあたりで捻り回して、息を飲んでみせた。

「ただし、お小遣いは自分で稼いでもらうからね」

緑が言うと、「イエス、マム!」と上機嫌で敬礼した。

「あたし、世界中の、いろんなひとに会いたいんだ」

わくわくするぜ、とひなげしは拭き終えた茶碗を戸棚にしまった。


緑は、ひなげしの言った言葉をひなげしの声で思い出した。

頬に痩せた微笑が浮かんでいた。ほほえめばほほえむほどやつれていくように感じた。暗い裂け目に落ちていく感覚におそわれる。ひなげしが臥してから、しばしばやってくる感覚だった。長くつづくこともあれば、ほんの数秒で浮上することもある。暗い裂け目を潜るように落下しながら、緑の胸にひなげしが生まれたときのことが広がった。

生まれたてのひなげしは、顔もからだも健康な歯ぐきみたいなピンク色をしていた。はれぼったいまぶたを閉じ、口を大きく開け、こぶしをつくって、泣いていた。赤ちゃんは、ほんとうにおぎゃあおぎゃあ、と泣くのだった。その声を聞くと、緑のからだのどこかから、なにかがあふれ、ほとばしりそうな気がした。

ひなげしはとてもかわいい赤ちゃんだった。ひいき目でもなんでもなく、この世のだれよりもかわいい赤ちゃんだと緑は思った。名前はひなげしにしようとこころに決めた。

「ひなげし」は緑の母が娘につけたかった名前だった。緑の母は、こどものころから、もしも自分に娘が生まれたら、きっと、「ひなげし」と名づけようと思っていたらしい。

きっかけは、隣家の船乗りさんからお土産で頂戴した赤いあめ玉だった。円いちいさな缶に入っていた。缶のふたには赤い花が写実的に描かれていた。あめ玉のかたちは長四角で、ひとつひとつに花のすがたが浮き彫りされていた。

「コクリコっていうんだよ」

船乗りさんが赤いあめ玉の名前を緑の母に教えた。たっぷりとたくわえた白髪まじりのひげを撫でながら、缶のふたに描かれた花も、あめ玉に浮き彫りされた花の名前もコクリコというのだと補足した。

「日本では、ヒナゲシ」

虞美人草ともいうね、とつづけ、

「アメリカじゃポピー、スペインだとアマポーラ、フィンランドだとウニッコだったかな」

と地球儀を回した。緑の母は船乗りさんが指差す国を目で追った。船乗りさんの家にいた。円いおぜんの上には麦茶と渦巻きかりんとう。緑の母は両手でコクリコの缶を持っていて、隣の船乗りさんはわりと大きな薄茶色っぽい地球儀を膝においていた。船乗りさんの奥さんはふたりの向かい側にいて、美人画の絵うちわで風を送っていた。

船乗りさんにすすめられ、緑の母はコクリコをひとつぶ、口に入れた。お化粧品のような、外国のような、花のような、果物のような香りがした。柔らかなルビーみたいな、赤くて、すごくきれいなものの味がした。

目を閉じたら、まぶたの裏で、世界中の赤いヒナゲシがいっせいに風に揺れた。赤いヒナゲシたちは、いつのまにか、緑の母と同い歳くらいの女の子に変身し、それぞれの国の言葉でおしゃべりを始めた。外国語など知らなかったが、緑の母には、彼女たちがなにを言っているのかが分かった。

女の子たちは、それぞれの国のそれぞれの自宅にいて、鏡を覗き込むように緑の母と視線を合わせていた。金色だったり、栗色だったり、赤かったりする髪の毛をなびかせたり、かきあげたり、指に巻き付けたりし、青かったり、みどり色だったり、すみれ色だったりする瞳をぱちぱちさせ、「きょうのお夕飯、なにかしら?」とか、「いちばん上のお姉ちゃん、白いちょうちょのブローチをゆずってくれないかなあ」とか「あーあ、明日も学校だわ」とか、緑の母が思いそうな——思っていそうな——ことばかり、話した。

「世界中に『わたし』がいると思ったの」

緑の母が、緑に言った。そのとき、緑は十一か十二か、そのくらいの歳だった。場所は、夕食の買い物ついでに寄った本屋である。母は宮沢賢治の『花の童話集』を見つけ、ふっくらとほほえんだ。その本の表紙には、いわさきちひろの絵が描かれていた。赤に近い朱色や、トパーズ色のにじみが美しい、大きなヒナゲシの花が四輪。どの花の中心も、女の子の顔になっていた。

「わたしがかなしいときには、アメリカの『ポピー』も、フランスの『コクリコ』も、スペインの『アマポーラ』も、フィンランドの『ウニッコ』も、わたしと同じようにかなしいんだ、と思ったの。そしたらきもちが軽くなった。うれしいときはその反対で、もっとうれしくなった」

すっかり忘れてたけど、と、母は目を細めた。目尻に細い皺が数本入った。

「ヒナゲシたちにはずいぶん助けてもらった。お薬みたいなこころの友よ」

ちょっと笑ってから、母は緑に顔を向けた。

「ほんとはね、『ひなげし』って名前にしたかったの」

と緑の鼻の頭をひと差し指でさした。

「でも、そんな名前は聞いたことがない、っておとうさんに反対されて」

おとうさん、変わったことや目立つことが嫌いでしょ、と冗談めかしたしかめっ面をつくってみせた。緑はクスクス笑った。こんなふうに女ふたりで地味で真面目な父を陰でこっそり話の種にすることがままあった。

「そこで、ヒナゲシのつぼみと茎と葉っぱの色にちなみ、『緑』と名づけたのでした」

うん、とうなずいてから、これだけは言っておかないと、というふうに、母は付言した。

「みどり色だったらなんでもいいってわけじゃないの。緑のみどり色は、ヒナゲシのつぼみと茎と葉っぱの色なの」

緑は大きく口を開けた。かぷっと空気を飲み込むように口を閉じつつ、深くうなずいた。以降、緑も、世界のあちこちに住む緑たちをお薬みたいなこころの友とした。大人になって、娘ができたら、「ひなげし」と名づけようと決めた。もしも未来の夫が堅物で、たとえ彼がどんなに反対したとしてもそうするんだと決めた。

「なーんか、ふしぎよねえ」

ひなげしの足の裏へのマッサージを再開した。手が止まっていたのだった。暗い裂け目への落下は、ゆっくりとつづいていた。その証拠に、緑の目はうつろだった。

「あんなにしょっちゅう世界の緑たちを呼び出していたのに」

あの子たち、みんな、どこに行っちゃったんだろう、と「う」の口をしたまま、首をかしげた。少しのあいだ、そうしていた。ひなげしの足の裏を揉む手が止まる。まばたきをひとつして、指を動かす。そんなことを繰り返していた。

裂け目への落下がすすむごとに、緑の胸に「いやな感じ」がふくらんでいった。さっきまであかるかったひなげしの顔色がくすんで見える。「このままずっと」と思いそうになる。出口などないと思える。あるとすれば、それは、たぶん、最悪の結果となったとき、と思いかけ、フウッと強く息を吐き出した。

「あらやだ、ずいぶんしけた顔してんじゃない？　まるでこの世の終わりみたい」

フランスの緑が話しかけてきた。彼女は犬の散歩の途中だった。オープンカフェでひとやすみしていた。つばの広い帽子をかむり、細いタバコをくゆらせていた。高く組んだ足もとで黒いちいさなプードルがはしゃいでいる。

「そうだよ、まだこの世は終わっちゃいない」

スペインの緑が太ったお腹を揺すり豪快に笑った。彼女は魚屋のおかみさんだった。常連客と冗談を言い合いながら、北大路欣也に似た夫とイワシやタコを売っている。

「いくら緑という名がヒナゲシのつぼみの色だとしても、真似してうつむくなんてばかげてる」

アメリカの緑は頭の上で手のひらを合わせ、片足で立っていた。軸足の内腿にもういっぽうの足の裏をぴったりとつけている。上がショッキングピンク、下が黒のヨガウエアを身につけていた。

「あきらめちゃだめよ」

フィンランドの緑がパソコンから目を上げて、緑を見た。彼女は優秀なビジネスパーソンのようだった。回転椅子を腰で回して、からだごと緑と向き合い、

「あきらめようとしたって、あきらめきれないに決まってる。だったら、あきらめないほうがいいじゃない？」

と腕を組んだ。

「ほんとそう」

着物に似た豪華な衣装をまとった女の子があらわれた。美しい顔をしていた。アジ

ア系だ。頭に金色のかざりをつけている。

「あなたがそんなだと、こっちまでウツになっちゃう」

肌理（きめ）こまやかな若い頬に手をあて、わざとらしくため息をつく。

緑は顔をほころばせた。

最後に登場した女の子。彼女はたぶん虞姫（ぐき）だろう。虞美人草の由来となった項羽（こうう）の愛人である。

緑のもとにやってきたのは初めてだった。彼女はひなげしの「お薬みたいなこころの友」だった。アメリカのポピー、フランスのコクリコ、スペインのアマポーラ、フィンランドのウニッコのほかに、ひなげしが新たにこころの友に加えた。「やっぱり虞美人もいたほうがいい」と、緑から命名の理由を教えられてすぐに、ひなげしは図書館で「虞美人草」を調べたのだった。

ふっと頭を揺らしたら、まぶたの裏に芝生が広がった。そこにかけ声がかぶさった。健康な、若い女の子たちの張り切った声だった。

「Go! Fight! Win! MIDORI! Go! Fight! Win!」

いかにもアメリカンガールといった容姿の女の子が、チアリーディングのユニフォーム——おへそが覗くほど丈の短い上衣とミニスカート——を着て、足を上げ、ポンポンを振っていた。彼女を頂点にし、逆Vの字に整列したコクリコ、アマポーラ、ウニッコ、虞姫も真っ赤なポンポンを振っている。世界のひなげしたちが芝生の上に集合していた。頭上にはどこまでも青い空が広がっていた。とてもよい天気のようだ。芝生にできたひなげしたちの影が真っ黒である。

「We are HINAGESHIS Go! Fight! Win!」

はじける笑顔で声をそろえてから、ひなげしたちは鍋のなかのポップコーンみたいに飛んだり跳ねたり側転したりした。

緑は肩を揺すって笑った。胸のうちでひなげしたちに拍手を送った。久しぶりに見た緑たちは緑と同じく歳をとっていたが、ひなげしたちはまだとても若かった。若くて、いきいきとしていて、新鮮だった。

「ねえ、ひな」

ひなげしに話しかけた。すべすべとした娘の足の裏の感触を尊く思いながら、いま、さっき見た緑たちとひなげしたちのことを教えようとした。

「あのね、いまね」

さてどこから話そうか、と思案した。緑の指の動きに連れて、もぞもぞと動くふとんを見るともなしに見ていたら、声が聞こえた。

「なあに？　おかあさん」

ひなげしが目を開けていた。大きく伸びをしたのち、なんでもない、いつもの顔で「おはよう」と言った。

☞P.94

村娘をひとり

【シッポゴケ属】

1インチから4インチ（約2.5～10㎝）の高さにまで伸びますが、めったに茎が直立しないため、風に吹かれた感じになります。あざやかな緑色のものが多く、ほかのどのコケよりも日かげが必要です。実際、日かげにいるときは、ほんとうに幸せそうに見えますよ。

【テラリウム】

一般に、小さなガラスの容器の中で植物を栽培することも「テラリウム」と呼んでいます。その種類は大きく分けて2つ――高い湿気が必要な植物やコケに適した、フタつき容器の「クローズド・テラリウム」と、低湿な環境が欠かせない多肉植物などに適した、フタなしの「オープン・テラリウム」です。

――『小さな緑の世界　テラリウムをつくろう』ミシェル・インシアラーノ　ケイティ・マスロウ著　ロバート・ライト写真　中俣真知子訳、草思社

1

『キルギスの誘拐結婚』『花のある女の子の育て方　強く聡明なレディのための42項』『ある奴隷少女に起こった出来事』『パリ　おしゃれガールズ　スタイル』『わたしはノジュオド、10歳で離婚』。

太一郎は抱えていた本を机に置いた。この図書館のあちこちで見つけた本だった。リュックを床に置きながら椅子を引く。太った尻をゆっくりと座面に下ろす。

彼が腰を落ち着けたのは、壁沿いの閲覧席だった。席ごとに棒のような照明はついていたが、個人をへだてる仕切りはなかった。太一郎の右側の町内会長風じいさんは徳川氏系図を一文字ずつノートに書き写していたし、左のホームレス風じいさんはひっきりなしに洟（はな）をすすりあげ、豪華客船でいく世界一周旅行の本を読んでいた。

（いや、両隣だけではなくてだな）

太一郎は上半身を浅く倒した。眼鏡の奥のちいさな目玉を左右に動かし、壁沿いの閲覧席を見渡してみる。

（もしもぼくが試験監督よろしく靴音をカツカツとひびかせて彼らの後ろを歩いてみれば、全員の「目下の関心事」を知ることができるだろうて）

白くて、つややかで、ふっくらとした頰をゆるめた。

（……ただし、弁当を腕で隠しながら食べるような恰好をしているやつを除く）

と付け足し、赤いおちょぼ口をもっとつぼめ、ホ、ホ、ホ、と声を立てずに笑った。すぐに真顔に戻し、「冗談はさておき」というふうに、しかつめらしい表情をつくる。

（「目下の関心事」を他人の目から隠したいきもちは分からないでもない）

ものを食べているところをじっと見られると居心地が悪くなるように、なにかを貪（むさぼ）り読んでいたり、独自の研究をしていたりするところを見られるのは、気恥ずかしいものである。また、なにを食べているのかを赤の他人に覗き見されるのがよい気分ではないように、書名を探り見られるのも少しく不快だ。

（ぼくはちがうが）

太一郎は、椅子の背にからだをあずけた。「隠す気なんかサラサラないのさ」とでも言いたそうに腹の上で手を組み、彼の選んだ本のタイトルがどこからでも、だれかからでも、よく見えるようにした。

　ぼくの関心事が他人に知られたところでどうということはない――。これが彼の理屈だった。平日の図書館の利用者は、たいていなんらかの「研究」中だ。太一郎はそのひとりに過ぎなく、彼のひそやかな研究はそのひとつに過ぎない。

　彼の理屈はこうつづく。気恥ずかしいだの不快だのと言葉をならべたところで単なる自意識過剰。それを知られるくらいなら「目下の関心事」や「研究」を赤の他人に覗き見されるほうがずっとずっとましである。太一郎のセンスによると、自意識過剰とレッテルを貼られることは、すこぶるダサくてサムくてイタいのだった。

　彼は思う。

「目下の関心事」や「研究」を秘密にしたいのは結構。ぼくが問題にしたいのは、それが「秘密」に足るものかどうかってこと。本人がそう思い込んでいるだけなのではないのかな、と……。まーはっきり言うとですね、それはきみたちの自意識が肥大した結果、「秘密」に格上げされただけの代物であって、絶対だれにも知られちゃならない「ほんとうの秘密」ではない。そこのところをはきちがえるというか、混同しちゃいけないわけです。

だいたいですね、「ほんとうの秘密」なぞ善良な一般庶民が抱えうるわけがないのですよ。というか、そもそもの話になっちゃいますけど、きみたちの「目下の関心事」や「研究」がほんとうに「ほんとうの秘密」だったとしたら、図書館というですね、どんなひとでも出入り自由の、しかも相当オープンな壁沿いの閲覧席で調べたりしますかね？　禁貸出でもないのに。ふつう、借りるか買うかするんじゃないですか？　自宅で、つまり完全な私的空間でゆっくり読みたいでしょ。そのほうが落ち着くでしょ。

――まあ、あえて、公の機関のオープンな席で「研究」するケースもありますけどね。なぜなら、「借りる」と記録が残りますからね。「買う」もしかり。ネット書店だってリアル書店だって記録が残る。だれがなにを読んでいたのか、どんなことに特別な興味を持っていたのかなんて、すぐに調べがついちゃう世の中ですから。ゆえの「あえて」。転ばぬ先の杖としての「あえて」ならありうる。

不敵な笑みを浮かべ、太一郎は『キルギスの誘拐結婚』の表紙をめくった。女性フォトジャーナリストによる写真集である。もう何度も読んだ。この図書館のこの席で。

（仲間を連れた若い男が、嫌がる女性を自宅に連れていき、一族総出で説得し、無理やり結婚させる）

カバーのそでに書いてあった文章を黙読し、「アラ・カチュー」と唇を動かした。キルギス語で誘拐結婚のことである。直訳すれば「奪って去る」という意味になる。

（奪って、去る）

口のなかで繰り返した。何度聞いても、よい言葉だ。つむじ風のような速さと力強さがある。ほれぼれする。うっとりする。こころをどこかに持っていかれそうになる。

……ふぅ。

息をつき、分厚いレンズの入った眼鏡を外した。うつむき、チェックのシャツの裾でレンズの油よごれを拭き始める。なるべくゆっくり拭きながら、「奪って、去る」及び「つむじ風」のイメージとしばしあそんだ。

思い浮かべたのは、回転しながら立ち上がる突風に巻き込まれたドロシーだった。愛くるしい大きな瞳。ばら色の頰。真んなかで分け、耳の下でふたつに結わえ（水色のリボン付き）胸に垂らした栗色の長い髪。白いパフスリーブのブラウスにギンガムチェックのエプロンドレスを着て、ぴかぴか光る赤い靴をはき、ふしぎそうにあたりを見回し、こうつぶやく。

「おかしいわ、原作によると、あたしがやってきたのはオズの国のはずなんだけど」

太一郎はやさしく話しかける。

「あのね、きみが運ばれてきたのはオズの国じゃないんだよ。だって、その突風はぼくが起こしたものだからね」

「まあ、なぜそんなことを？」

と彼女。目をいっぱいに見ひらいている。媚(こ)びをふくんだ表情である。あどけなさそうに太一郎を見つめているが、彼女は直感で分かっている。

目の前にいる男性が、いま、この瞬間から、自分の父のような、兄のような、弟のような、親友のような、恋人のような、婚約者のような、夫のような存在になること。すなわち、女性が一生のうちで関係を結ぶ男性の役割を担った、たったひとりの男と出会ってしまったこと。

だからこそ、彼女はてんで分かっちゃいないふりをする。無垢で（無知で）、初々しく（ばかっぽく）、頼りない（ダメな）女の子のふうを装う。それが男の（イコール太一郎の）好むふうだと本能で知っているのだ。

ようやっとふくらみ始め、かたちができつつある胸を持ち、わきの下と恥丘に産毛程度のものをはやしながら、手足は棒切れみたいに細く、そのくせお腹はミルク飲み人形みたいにふくらんでいて、初潮もまだの、小便くさい、垢抜けない少女なのに、どうすれば太一郎に気に入ってもらえ、可愛がってもらえるのか、教えられなくても知っているのである（それでも、太一郎がいちから仕込んでやらなければならないことはどっさりあるんだけど！）。

「きみが驚くのも無理はない」

太一郎は深くうなずく。彼女の薄っぺらい演技に付き合ってやるのも一興、というわけだ。にっこりと笑い、とっておきの科白を口にする。

「かわいい村娘をひとり、ぼくの部屋に迎えるためにさ」

十歳前後の純朴な少女が太一郎の好みで、彼はそういう女の子を村娘と呼んでいる。

「そして、その娘をぼくの思い通りにするために」

と彼女の大きな瞳を見つめる。

「きっと、しあわせにするよ」

両手を彼女の耳の下に入れ、ほっそりとした首を絞めるような手つきで撫で始めたそのとき、彼のうなじに湿った声が吹きかけられた。

「やあ、太一郎」

ひゅん、と、首をすくめて振り向くと、肩越しに菊乃が笑っていた。

2

『ドキュメント　女子割礼』『切除されて』『砂漠の女ディリー』。

　菊乃は抱えていた本を机に置いた。太一郎の左隣に腰を落ち着ける。ふたことみこと話をしたら、ホームレス風じいさんが気をきかして離席したのだった。

「またそれか」

　太一郎が菊乃の選んだ本に視線を走らせた。

「よくもまあ、飽きないものだ」

　こばかにする体（てい）でありながら、実は大いに賞賛する調子だった。

「ふん、そっちこそ」

　菊乃も太一郎の選んだ本を見た。

『パリ　おしゃれガールズ　スタイル』を手に取り、フムフム、フムフム、と鼻歌を歌うようにページを繰る。

「村娘の部屋を、こういうおしゃれなインテリアにしたいのは分かるけど、なんせ先立つものがだな……」

とかぶりを振ってみせた。次に『花のある女の子の育て方　強く聡明なレディのための42項』に手を伸ばし、やはりフムフム、フムフム、とページを繰ったあと、

「がさつな村娘をレディに育てたいきもちは理解するけど、『強く』『聡明』をテーマにするのはどうかなあ」

と言い、「こんなふうになっちゃうかも」と『わたしはノジュオド、10歳で離婚』を指差した。三倍も歳が上の夫と、彼との結婚を勝手に決めた実父との二名を相手に離婚裁判を起こしたイエメンの少女の実話だった。

「この村娘は夫に暴力をふるわれていたのだよ」

その前に処女を奪われている。最初の生理がきてから一年は触れない約束だったのにね、と太一郎が菊乃の耳にささやきかけた。ぼくならそんなことはしない、と言いたげだ。さらにつづける。

「この村娘は、夫との結婚生活がいやでいやでたまらなかった時期に、裁判を起こせば別れられると実の父親の二番目の妻に吹き込まれ、わらにもすがる思いで裁判所に行ってみたらば運よく人権派の弁護士と出会っただけであってだな……」

「レアケースだからこそ、こうして本になってるってことくらいはぼくにも分かるさ」

菊乃も太一郎にささやいた。めくれ気味の上唇が太一郎の耳の穴の入り口にかすかに触れる。太一郎の耳は脂と埃とカビの混じったにおいがする。自然物でいうと、雨のにおいにすごく近い。

ふたりの声は最初からちいさかった。会話の内容が内容だけに気をつかった。ふたりにとってもっとも愉快な話をするにはボリュウムを下げなければならず、そのためには互いの耳に唇を近づけるしかない。

「その通りだよ、菊乃。偶然に偶然が重なっただけ」

「だいたい、夫との結婚生活がいやでたまらなくなる一時期は、どの村娘も経験することであってだな」

「それは、まあ、やむをえないとして。反抗期のようなものであるからして」

「世話が焼けるというか、手間がかかるというか、なんというか」

苦笑しながら菊乃は太一郎に身を寄せた。肩と肩、二の腕と二の腕、太腿と太腿がぴったりくっつく。太一郎のからだがどこもかしこも高級な座布団みたいにフカフカしているのと同じく、菊乃のからだもすみずみまで――頭皮や舌まで――柔らかに太っていた。その上、ふたりとも背がとても高かった。色白なのもおそろいで、体毛が薄く、瞳はしばしばみ色をしている。

菊乃は『キルギスの誘拐結婚』のカバーのそでに書いてある文章を音読した。おちょぼ口をもっとつぼめ、赤い唇を太一郎の耳に触れさせながら、濡れた低い声を太一郎の暗くてせまい耳の穴に注ぎ込むようにした。

「仲間を連れた若い男が、嫌がる女性を自宅に連れていき、一族総出で説得し、無理やり結婚させる」

ほうっ、とため息を吹き込むと、太一郎もほどよく温まった息をついた。幅の広い息だった。性感によりやるせなく震え、波を打っている。しじら織りの反物みたいだ。

「『一族総出で説得』ってくだりが非現実的なんだよな」

菊乃はうつむき、少し笑った。鼻先で太一郎の耳たぶやその下を撫でた。

「たしかに」

太一郎も微笑した。

「だが『説得』はさほど重要ではない」

彼も菊乃の耳に唇を触れさせ、高めの声を彼女の耳の穴に注ぎ入れた。菊乃は温かなオイルかシロップを流し込まれた感じがした。からだじゅうにしみわたり、彼女もしじら織りの反物みたいな息をついた。

「むしろ不要」

太一郎の耳の穴に舌を入れた。両手で覆いをつくり、素早く何度も出し入れした。

「そう、不要。大事なのは、奪って去ることなのだよ」

太一郎も菊乃の耳を両手で覆い、舌を往復させた。力強く登っていくような動きだった。汗のように飛び散る唾液の音が、菊乃の耳のなかで大きくなっていった。彼の動きに合わせ鼻から息を吐きつづける。だんだん速くなり、やがて口から太い息を長く漏らした。太一郎は動きを止め、リュックからポケットティッシュを出し、菊乃に渡した。「……ん」と受け取り、菊乃は耳の穴を拭いた。

これがふたりのセックスなのだった。この日は菊乃が受けにまわったが、逆の場合もある。この方法以外の行為をふたりはしたことがなかった。する気もなかった。太一郎は村娘との交わりにしかペニスを使いたくなかったし、菊乃のヴァギナはすべての異物の侵入を拒否していた。

「WHOの定義と分類によると」

菊乃は『ドキュメント　女子割礼』のあるページをひらき、表を指差した。

「FGM、つまり女子性器切除には四種類あってだな」

依然として菊乃は太一郎の耳に唇を近づけていた。触れることもあったが、それはあくまでも不可抗力だった。ふたりの性感はおとなしくなっていた。ただし、熱のなごりはまだあった。この性感のほとぼりとでもいうべきものは、ふたりで会って話をするあいだじゅう、たがいの下腹部をほのかに照らし、温めつづけた。グミによく似た歯ごたえで、いくらでも味が染み出てくるのだった。

「タイプ1　クリトリデクトミー」

クリトリスの一部または全部の切除、と音読するうちに、菊乃の声がうわずっていった。菊乃ののぼる気配を察し、太一郎が吐息まじりにちいさく呻いた。

「タイプ2、エクシジョン。クリトリス切除と小陰唇の一部あるいは全部の切除を伴う。タイプ3、陰部封鎖。外性器の一部または全部の切除および膣の入り口の縫合による膣口の狭小化または封鎖」

菊乃は登りながら読み進め、それに応じて太一郎の吐息のせつなさが増した。

「タイプ4　その他」

タイプ1から3に属さないもの、と菊乃は太一郎の耳の穴に舌を入れた。往復運動のスピードを上げながら、「クリトリスと陰唇を針で突く、穴を通す、切り込みを入れる」とか「クリトリスと陰唇を引き伸ばす」とか「クリトリスや周辺の組織を焼く」とか「膣口を削り落とす」と太く硬くなった声でささやく。

「どれにする?」

あえぎつつ、太一郎に訊ねる。むう、と太一郎がひとつ呻くまで、舌の抽送運動をつづけた。

「……タイプ3で」

菊乃が差し出したティッシュで耳の穴を拭いてから太一郎が答えた。いつも通りの答えだった。

「陰部封鎖な」

それもまたよし、と菊乃が鼻をこすった。

まず、ふたりで村娘をひとり奪って、去る。菊乃が村娘のクリトリスを切除し、尿と経血を出すちいさな隙間を残して膣の入り口を縫い合わせる。ふたりがかりで村娘に花嫁教育をおこない、機が熟したら太一郎は村娘と初夜をむかえる。花婿の権利として太一郎は村娘の癒着した膣口をひらき、ずぶりと深く挿入する。

これがふたりの夢であり、計画だった。

3

知り合ったきっかけは出会い系サイトだった。

太一郎はマイマイと名乗り、少女を装っていた。

菊乃はダイキと名乗り、若い男を装っていた。

太一郎の狙いは世の男どもがおこなう少女へのアプローチ、口説き方などを身をもって知り、研究することだった。「奪って、去る」決行に向けての準備活動だった。

菊乃の目的はなるべく多くの少女と知り合うことだった。チャンスがあればタイプ1から4までのFGMのどれかを試してみるつもりだった。幾人かの少女と「出会った」が、まだ、その機会を摑めていなかった。

太一郎も同じだった。世の男どもがおこなう少女の口説き方を実際に経験するチャンスには、まだ、恵まれていなかった。大柄で太っているものの、やさしい顔立ちをしていて、モチモチとした白い肌の自分なら、かつらをかぶり、スカートをはいても不自然ではないと思ったのだが、男の反応を見るかぎり、そうでもないようだった。

「えーっと、どっち?」と困惑しつつ半笑いで性別を確認する者がもっとも多かった。

「ぽっちゃりじゃなくて、ただのデブじゃん」と体型を非難する者、待ち合わせ場所に現れない者をふくめ、お茶一杯ごちそうしてもらったことがなかった。

菊乃は菊乃で、太ってはいるが背が高く、肌がきれいであっさりとした顔立ちの自分なら、サラシで胸をおさえつけるだけで男に見えるはずだし、まったくモテないわけじゃない、と思った。髪型は短めのマッシュルームカットだし、白いシャツとオリーブ色の軍パンが普段着の定番だった。

少女たちの反応は、太一郎が出会った男たちのそれとほぼ同じだった。ちがうのは、かろうじて食事はともにできた点だけだった。もちろん会計は菊乃持ちだった。食べるだけ食べたらトイレに立つ振りをしてすがたを消す少女ばかりだったけれど。

そんなふたりが顔を合わせたのだった。

運命の場所は池袋。西口駅前広場にある親子フクロウ像の前でたがいのすがたを見て、ふたりは「出会った」と直感した。言葉を発する前に、たがいを指差し、ひとしきりばか笑いをした。

「なんだチミは」

太一郎を指差したまま菊乃が言った。

「なんだチミはってか？」

菊乃を指差したまま太一郎が応じた。だっふんだ、の顔つきを同時にし、呼吸もぴったりだと分かった。

「いやはや鏡を見ているようじゃないか」

眼鏡をかけているかいないかのちがいだけだ、と菊乃が言い、

「まったくもって他人とは思えないのだが」

太一郎がうなずいた。まさにあうんの呼吸でふたりは北口のほうに歩き出した。コンビニで飲食物をどっさり買い込み、ジブリアニメの代表作の名を冠する安いラブホテルにしけこんだ。ベッドだけがある部屋だった。太一郎がかつらをとり、のびかけのマッシュルームカットを菊乃に見せた。

「なんと！」

感嘆する菊乃に、

「ぼくは太一郎という」

太一郎が自己紹介をした。

「ぼくは菊乃だ」

菊乃も名を告げた。

「きみはおなべか？　それとも単なるぼくっ娘(こ)か？」

太一郎が訊き、

「きみはおかまか？　それとも単なる女装子(じょそこ)か？」

菊乃が混ぜっ返したのを受け、

「どっちでもいいな」

と太一郎が言い、

「そう、そんなことはどっちでもよくてだな」

と菊乃が同意した。それから、ふたりは、あぐらをかき、向き合い、大いに飲みかつ食べながら、たがいの欲望を打ち明け合った。

「……待てよ」

菊乃が首をかしげた。

「ぼくの欲望をドッキングさせたら、きみの欲望は完璧になるんじゃないのか？」

さきいかをつまみにエナジードリンクをひと口飲み、菊乃がこう宣言した。

「よし、ぼくはきみの『奪って、去る』に協力するとしよう」

「それは助かる」

太一郎が頭を下げた。飲んでいたブラックの缶コーヒーを示し、「豆知識ではあるが、こっちのほうがカフェイン含有量が多いんだぜ」と菊乃に教えてから、

「……だが、それだときみは面白くないのではないか？」

ぼくの欲望のために一肌脱ぐ的な恰好にならないか？　と懸念を表明した。

「きみの心遣いには感謝するし、感心する」

それとカフェイン含有量の件については感服な、と菊乃は言い添え、つづけた。

「だが、心配は無用だ。ぼくには村娘を徹底的に管理したいという欲望もある。これはきみの欲望とさして変わらないと思うのだが」

「なるほど」

「そして、おそらく、たった一度でうまくいくはずがない」

「なるほど、なるほど。『奪って、去る』を何度か繰り返し、つまり試行錯誤して、ようやく究極の村娘に育てる技術がぼくらにつく、と」

「まさに」

菊乃は深くうなずいた。

「ここだけの話なのだが、ぼくはＦＧＭの経験がまだなくてだな。経験を重ねることが急務なのだよ。とにかく数をこなさないと……。美しい切除や縫合をするためにも」

「告白すると、自信がないのはぼくとて同じ」

太一郎がつぶやいた。

「村娘と個人的に触れ合った経験はついぞないのだからして……。どう扱えばいいのかのイメージトレーニングはしているのだが、客観的にみて、それはいわゆる絵に描いた餅であってだな……」

めんぼくない、と頭を掻いた。

菊乃は腕を組み、天井を仰いだ。

「いや、これは、長い道のりになりそうだなあ」

悲観的な言葉だったが、表情にも口調にもワクワクする感じ、がみなぎっていた。

「時間はたっぷりあるさ」

太一郎はあかるい声を出した。

「ぼくはまだ二十四だ」

と言うと、菊乃が目を輝かせ、

「歳まで同じとは」

と低い声で笑った。太一郎も笑ってから、「まさかとは思うのだが」と菊乃に真顔でこう訊ねた。

「きみ、もしや、背中にホクロが五つあったりしまいか?」

「カシオペア座のような?」

菊乃が声をひそめて訊ね返した。

「そう、それ」

太一郎は菊乃を指差した。その手をひらき、そして握りしめ、「信じられない」と独白した。

「ぼくらは生き別れのふたごかもしれないな」

菊乃も独白した。横を向いていた。

「……ぼくはいまの親とは血がつながっていないのだよ」

横を向いたまま、菊乃が打ち明けた。

「ぼくもそうだ」

太一郎はうつむいた。か細い声だった。

ふたりの息づかいがベッドだけがある部屋にひびいた。ふたりの耳にはたがいの心臓の音も聞こえていた。思い立ったように菊乃が訊ねる。

「もしやきみも実の親に捨てられ、乳児院に入れられた口？」

「……その『もしや』だよ」

太一郎は目を伏せた。ゆっくりと目を上げ、訊ねる。

「もしや、きみのいた乳児院は北海道？」

「そう聞いているが……。もしやきみも？」

太一郎は大きく、ひとつ、うなずいた。

「やはり、そうか」

菊乃も大きくうなずいた。どこまでが嘘で、どこまでがほんとうなのかなど、ふたりにとって大切ではなかった。「もしやきみも?」と訊ね合い、共通点を増やすことに意味があった。現実ではありえない共通点であればあるほどよかった。そのほうが、ふたりだけの世界に入っていきやすい。

「それでだな」

太一郎が話題を戻した。

「ぼくたちが『奪って、去る』をおこない、FGMあるいは教育に失敗した村娘の処遇なんだが」

「それは、きみ」

菊乃は浅く笑い、

(なかったことにするしかあるまい)

とほとんど息だけで告げた。

「ですよね」

太一郎が言った。

「ですよ。ですです」

菊乃が答える。ふたりはじっと見つめ合った。どちらのはしばみ色の目も砂糖で煮たような照りをたたえていて、白く濁って見えた。

「だとすると、まあまあ広い庭付き一軒家が必要ということになりますかね」

太一郎が大げさに息をついてみせるのにかぶせて菊乃が発言した。

「それと、『奪って、去る』の方法。トーク力の底上げをはかり穏便に村娘を連れてくるか、あるいは、腕力、筋力、脚力などを鍛え、強引に連れてくるか。つまり、たぶらかすか、かどわかすか、どちらにしましょうか、みたいなね」

「それはきみ、かどわかす一択でしょう。たぶらかす話術を習得するより、ダイエットし、からだを鍛えるほうが現実的だ」

「車を使うっていうのはどうかな？」

「持ってるの？」

「いまはまだ」

「たとえ車があったとしても、最低限の体力は要るのでは？」

「なんですよね」

「なんですよ」

ふたりはため息をついた。ふたりともからだを動かすのが好きではなかったし、得意でもなかった。

「……まあ、現時点では問題は山積ということで」

「越えるべきハードルを確認し合ったということで」

「とりあえず、きょうのところはふたりがこうして出会ったことをこころゆくまでことほぎますか」

「ですね」

乾杯、と何本目かのエナジードリンクと缶コーヒーをぶつけ合った。コンビニで買い込んだスナックやスイーツや調理パンや蕎麦やうどんを次々と腹におさめた。その間、それぞれの欲望について図書館で研究していること、それが同じ図書館だったこと、ふたりとも気が向けば短期のバイトをするくらいの基本ニートであることを確認し合った。共通点は増えるばかりだったが、ふたりはもうそんなに驚かなかった。携帯の番号を交換し、図書館で研究する日を無理のない範囲で合わせようと決め、その日は別れた。

三カ月経ったいまでも、ふたりの「奪って、去る」計画はなにひとつ進展していなかった。加速度的に増したのは独特の親しさだけだった。とはいえ太一郎は菊乃が助産師として働くかたわら、ヴァギナ・デンタータ（歯のはえた膣）をモチーフに創作をつづける同人作家であることを知らなかったし、菊乃は太一郎が保育士として働くかたわらこっそり撮った園児たちの写真をネットで販売していることを知らなかった。

どちらも、べつに知らなくてもいいことだった。ほんとうの歳も、ほんとうの名前も、べつにどうでもいいことだったから、知らなくてもいっこうにかまわない。

4

ふたりは壁沿いの閲覧席を離れ、休憩室に移動した。飲料の自販機と椅子が置いてあるちいさな部屋だった。休憩室に移りたくなったときの隠語は「ヤクが切れそう」。ふたりはカフェイン中毒を自認している。

自販機で缶コーヒーを買い、休憩室を出た。廊下で、壁にもたれかかって、カフェインを補給する。本は書架に戻してきた。青みがかった灰色の天井、壁、床に囲まれ、大柄なふたりはひそひそ話をつづける。

「ときに、菊乃。いい物件があったのだよ」

太一郎がリュックから紙片を出し、菊乃に見せた。中古マンションの情報が載っていた。不動産屋でもらってきたもののようだった。

「実は、すでに引っ越してしまったのだよ」

　冷たいコーヒーなのに音を立ててすすり、太一郎が言った。

「二十四時間演奏可能の防音部屋のある2DKであってだな」

　バンド演奏もオッケーというからスゴくないですか？　と軽薄な口調でつづける。

菊乃の耳に赤い唇を近づけ、

「どんなに泣きわめかれても大丈夫ってことですよ」

とささやき、コーヒーくさい息を吹きかけた。

「まあまあ広い庭付きの一軒家が大前提だとばかり思っていたのだが？」

　菊乃の物言いはややきつかった。

「どだい無理でしょ、経済的に」

　太一郎の返答は木で鼻をくくったものだった。

「ぼくらはそろそろリアリストに変貌する時期にきてると思うのだが？」

　菊乃の口調を真似て、おちょぼ口をもっとつぼめてみせた。

「……相談もせずに」

　菊乃は吐き捨てた。Ａ4コピー用紙を太一郎に突っ返す。ぷいとよそを向き、缶コーヒーに口をつけた。と思ったら、太一郎に顔を戻し、もの言いたげに口を開けた。からだのわりには小粒で尖（とが）った歯が覗く。グレーがかって見えるのは、天井と壁と床の色が映っているせいなのかもしれない。

「なんでもかんでもふたりで相談して決めましょう、と決めた覚えはないのであって」

太一郎の声は冷静だった。こどもみたいにふくれている菊乃の反応を愉しんでいるようでもあった。

「ぼくの記憶に間違いがないのなら、もともとぼくの欲望をかなえるのが主軸となっていたかと。ぼく言ったよね？　『だが、それだときみは面白くないのではないか？』と」

太一郎は声をつくり、菊乃と初めて会ったときに言った科白を口にした。

「ぼくの欲望のためにきみは一肌脱ぐ的な恰好にならないか？」

などと親切に懸念まで表明したのだが……、そうか、覚えてないか、と残念そうにかぶりを振った。

「忘れてはいないさ」

忘れてはいないけど、でも、と唇を嚙む菊乃に、

「でも、自分に都合のよい記憶の書き換えか、解釈の改訂がおこなわれていたのだね」

　女性によくあるやつ、と太一郎は歯を見せて笑った。彼の歯もひどく小粒で、尖っていて、グレーがかった色をしていた。

「失敬なやつだな」

　笑いをまぶしてはいたが、菊乃が本気でカチンときているのは見て取れた。そういう言われかたが、菊乃はなにより嫌いなのだった。それを太一郎は知っていた。

「ただ、急展開だな、とあきれただけさ」

　さっきまではいつもと変わりなかったのに、と菊乃は下唇を突き出した。

「太一郎は腹にいちもつ抱えての『いつも通り』の演技がうまいね」

　か弱い女の子みたいだ、と、ねっとりとした冷たい視線で太一郎の全身をながめた。

「おっと、それは反撃のつもりかな？」

　太一郎は軽口でいったん受け取り、「まあ、そこそこ気分は悪くなったから効果ありってことで」とつづけた。菊乃を見つめ、すうっと息を吸い込む。

「急ぎたくなった理由をぼくに訊いてくれまいか」

　無表情で太一郎が言う。片ほうの肩を壁につけ、休めの体勢をしていたが、菊乃には彼が緊張しているのがよく分かった。

「よかろう」

菊乃はうなずき、「なぜだ」と訊いた。だが、太一郎は「それは……」と二重顎をぶるぶると震わせて、口ごもったきりだった。

「なぜなんだ、太一郎」

ぼくにだけは真相を話してくれまいか、と菊乃は太一郎に詰め寄った。理由は不明だったが、菊乃のなかで太一郎への友情の目盛りがにわかに上がった。

「見つけてしまったのさ」

菊乃から視線を外し、太一郎が唾を飲み込んだ。

「なにを？」

「村娘を」

と菊乃。答えなど知っているのに。

と太一郎。胸に手をあてて。

「ぼくだけの村娘をひとり。ついに」

だから、「奪って、去る」は一度きりなんだ。試行錯誤はしなくていいんだ。あの娘をぼくのものにできたらそれでいいのさ、菊乃、と太一郎は夢見るような目で言い、

「あの娘、ちょっとドロシーに似てるんだぜ」

と照れくさそうに首をすくめた。

「バレエ、習ってんだ。ピンクのレオタードがよく似合ってさ。まだものすごい寸胴なんだけど、横から見たときの顎とか首の線が絶品でな。あと、股間の布のあまり具合というか皺の寄り方がたいそう愛らしくって……」

村娘の魅力を語る太一郎をぼんやり見ながら、菊乃が独白した。

「そうか、そうなると、ぼくも一度きりしか切除と縫合にトライできないんだな」

ちゃんと美しく仕上げられるかな、とつぶやいたら、太一郎が言った。

「菊乃なら大丈夫だよ」

「聞こえてたのか」

「もちろん」

「ご期待に添えるよう全力はつくすつもりだ──」

「いやいやだから、そんながんばらなくても菊乃なら余裕でしょうが」

太一郎は菊乃の肩に手を置いた。

「だって、菊乃は助産師さんなんだからね」

頼りにしてるよ、と菊乃の肩をぎゅっと摑んだ。

5

太一郎の新居は桜台にあった。菊乃が訪問したのは、太一郎から村娘奪取の決行決意を聞いた翌週だった。決行を明日に控えた日曜である。

昼過ぎにマンションの集合玄関に着いた。インターホンで部屋番号を押すと、待ち構えていたように太一郎が出た。ふがっと鼻息が聞こえた。ぼくだが、と菊乃が告げる前にこう言った。

「奪って？」

「去る」

菊乃は即答した。合い言葉の打ち合わせはしていなかったが、すぐにピンときた。やはりぼくたちは息の合ったコンビなのだ、と菊乃は思った。唯一無二のふたり組なのだと。自動ドアが開き、なかに入った。エレベーターに乗って、降りて、太一郎の部屋のインターホンを押す。

「ずいぶんとまあ、こぢんまりとしたマンションではないか」

ドアが開くなり、呆（あき）れてみせた。

「やむを得んのだよ。防音室付きの物件などそうはない」

太一郎が上がり框で腕を組む。カモン、というふうに顔を動かし、菊乃に入室を促した。

「それにしてもだな」

菊乃は太一郎と目を合わせながら靴を脱いだ。からだをちょっと斜め向きにして、上がり框に膝をつく。

「各階一世帯しか住んでいないではないか」

言いながら靴の爪先の向きを変え、シューズボックスのほうに寄せ、立ち上がる。

「四階建てだから、太一郎ふくめて四世帯だ」

どうしたって顔なじみになるのだが。というか、ある程度はご近所付き合いをしなければならないわけだが、と大げさに息をついた。

「なに、好感を持たれればいいだけのこと。好人物との評価さえ得たら疑いの目を向けられたりしないのであるからして」

そんなことより、と太一郎はにやりと笑った。踵を返し、短い廊下を歩きつつ言う。

「菊乃はやはり育ちがいいね。いまの靴の脱ぎ方なぞ実に自然で素敵だった。さすが某お嬢さま大学文学部教授の末娘であらせられるだけのことはある」

「いやはや、たいへんな調査能力であることよ。ぼくはきみにすっかり特定されたようだね」

菊乃もにやにやと笑っていた。ただし、口もとだけだった。はしばみ色のちいさな目で、太一郎の大きな背中をじっと見ている。

「雑作ないこと」

太一郎は菊乃を振り返り、開けたドアに背なかをつけ、リビングに向かって片ほうの腕を伸ばし、手のひらを上に向けた。どうぞお入りください、という身振りである。

「ぼくが特定したのは、きみの住まいとご家族の名前のみ。図書館でさようならと手を振ったのち、こっそりあとを尾け、表札をメモるだけの素人仕事さ。その後はプロにまかせたというわけだよ」

世の中には調査会社というものがあってだな、との太一郎の言葉に菊乃がかぶせた。

「なぜ調べた？」

大股でリビングに入り、太一郎を振り向く。菊乃は依然として口もとににやにや笑いを浮かべていた。ドア付近にいる太一郎を、視線——黒い矢印のような——が見えるほど見つめている。その目に表情は浮かんでいなかったが、これはいつものことだった。菊乃だけではなく、太一郎も目に感情の動きはあらわれない。

「相方の素性は知っておいたほうがよくはないか？」

太一郎はゆっくりと菊乃に近づいた。

「なにしろ大仕事だ。百パー信頼したい」

と太い中指で眼鏡をずり上げる。

「調べないと信頼できないのか？」

「こう見えてぼくは俗物なのだよ、菊乃。きみがどこのだれなのかを知らないと、きみという人物を知ったことにならないと思えてならない。一言で言うと安心できない。安心と信頼はキットカットにおけるチョコレートとさくさくウエハースのごとく分かちがたいもの」

Have a break, have a KitKat. とつぶやき、太一郎は菊乃の肩をぽんと叩き、通り過ぎた。窓辺に立ち、外をながめて言う。

「それに、万が一、お縄を頂戴したばあい、主犯はぼくだ。共犯者の人生にたいし責任を負わなければならない。それが主犯の義務ではあるまいか。ちがうか、菊乃」

「きみが主犯だとしたら、そうだろう」

だが、と太一郎の背なかに言いかけた菊乃を太一郎はさっと右手を挙げて、止めた。

「主犯は共犯者のできるだけすべてを把握しておいたほうがよいとぼくは思う者だ」

「把握か」

「把握だ」

それはそれは、と菊乃は割合広いリビングをながめた。壁も天井も白い。フローリングは明るい茶色だ。家具はほとんどなかった。机と椅子があるきりだ。机上にはパソコンが載っていた。たいそう大きなモニタである。

四角い部屋の左すみに、くすんだ色の混じり合った小山があった。太一郎の衣服が畳まれずに重ねてあった。シャツとズボンとパンツと靴下が確認できた。洗濯したもの、してないものが一緒くたになっていた。脱ぎたてほやほやというような、着ていたときのかたちそのままのものもあった。衣類の山だけではなかった。お菓子、カップ麵など食品の山、Ａｍａｚｏｎの大小段ボールの山、なんだか知らないがとにかく雑多なものが集められた黒っぽい山がつづき、清潔なリビングを侵食中だった。

「作業に取りかかろう」

キッチンから太一郎が声をかけた。冷蔵庫から出したエナジードリンクを二本、手に持っていた。菊乃に近づきつつ、一本を放り投げる。あらぬ方向に飛び、菊乃は受け損ねた。床に転がったエナジードリンクを、尻を突き出して追いかけ、拾い上げ、言った。

「どうやらぼくたちはふたりともかなりの運動音痴のようだ。これでは明日が思いやられる。なにしろハイスピードアクションが要求される仕事だからして……」

「織り込み済みだ」

運動神経のよいデブなど滅多にいない、と太一郎はエナジードリンクを持った手の甲で鼻をこすった。

「『奪って、去る』の詳細は作業をしながら説明するとしよう。その前に我が家の案内を」

と右奥の部屋のドアを開けてみせた。

「ここが防音室」

六畳の部屋だった。がらんとしていた。中央に白くちいさな円形のラグが敷いてあった。右すみには蓋(ふた)付きバケツのようなもの。素材は琺瑯(ほうろう)で、蓋と本体横に持ち手がついていた。昼間なのに暗かった。ちいさな窓を板が覆っているのだった。長四角の板を横にして、数枚並べて壁に釘で打ち付けてあった。

「おしおき部屋にするつもりだ」

太一郎が言うには、菊乃が村娘にほどこすＦＧＭもここでおこなうらしい。

「なる早でＦＧＭを実施し、村娘に痛くて怖くて辛い部屋というイメージを植え付ける所存。村娘が聞き分けのないことを言ったりしたりしたときに効果が増大するように」

いい子にしてないと、おしおき部屋に入れちゃうぞ。太一郎の口調は歌うようだった。

「……窓が常時こんなに暗くては、近隣住民から不審に思われたりしまいか」

菊乃は眉をひそめた。「心配ご無用」と太一郎が応じる。

「窓の外にフェイクの蔦をこれでもかと吊るしてある。風に吹かれてめくれないよう、蔦の一本一本に重りをぶら下げるという念の入れようだ」

天井を指差し、太一郎はさらにつづけた。

「照明は付けない。ひとりぼっちで過ごす夜がさみしくなるように。クーラーも付けない。夏は蒸し蒸しと暑くなり、冬はしんしんと寒くなるように。そして部屋の外側には鍵を取り付けた。ぼくの許しがなければ、部屋から決して出られないようにね」

ほら、あの円いラグ、と太一郎がひと差し指をそちらに向ける。

「あのふかふかとした毛足の長い白いラグの上で、菊乃は村娘にFGMをほどこすんだ。もちろん、タイプ3の陰部封鎖。ラグに付着した血はそのままにしておく。おしおき部屋に入れられた村娘は自分の血痕を目にし、いやでも痛くて怖くて辛かった初めての経験を思い出すだろうて」

　太一郎はぽっぽと音が立つほど頬を火照らせていた。こめかみからは汗が垂れていた。息遣いも少々荒い。

「心拍数上昇中のところ恐縮だが」

　菊乃はかぶりを振った。

「こんな暗い部屋で施術するのは無茶というもの」

　太一郎は再度待ってましたとばかりに「心配ご無用」と声を張った。

「ランプを用意してある。炎の色とかたちにＬＥＤライトが点灯するアメリカ製だ。ほんとうは蠟燭を灯したかったのだが、あまりの痛さで村娘が暴れ、燭台が倒れでもしたらすこぶる危険だ。……考えただけでぞっとするね。ぼくはね、菊乃。村娘の、あのなめらかな肌に火傷の痕などつけたくないのだよ。それに火事にでもなったら、マンションの住人にご迷惑をおかけすることになる。炎形ＬＥＤライトは苦渋の選択なのだ」

　それでも、そこそこ、秘密の儀式的な雰囲気は出せるだろう、とおしおき部屋のドアを閉めようとした。

「あれはなんだ？」

菊乃は部屋の右すみに置いてある蓋付き琺瑯バケツのようなものを指差した。

「どうにも謎なのだが。漬物でも漬ける気か？」

と訊くと、太一郎がこともなげに答えた。

「おまる」

コンビニ袋で用を足させるのは、いくらなんでも可哀想、とその隣の部屋のドアを開ける。やはり暗い部屋だったが、照明は設置されていた。小ぶりのシャンデリアである。壁のスイッチを太一郎が押すと、飴色の光を放った。

「ほほう」

菊乃は顎に手をあてた。

「プリンセスのお部屋ですな」

言うと、太一郎が即座に訂正した。

「プリンスとプリンセスの寝室だ」

十畳くらいの部屋だった。おしおき部屋同様、窓には横木が張ってあったが、どっさりレースのついた薄桃色のカーテンで隠していた。ベッドしかない部屋だった。天蓋付きのベッドが圧倒的な存在感を放っている。ベッドのフレームは金色のパイプで、天蓋から垂れ下がる白い布はシフォン。シーツもコンフォーターカバーも純白だった。

薄桃色と空色の枕がふたつ、寄り添うようにならんでいる。

「イエスノー枕のつもりか？」

枕を指差し、菊乃が訊いた。

「冗談を言ったつもりか？」

太一郎の口ぶりには菊乃の発言をたしなめる気配があった。分かってないな、というように「ふう」と深く息をつき、長いまばたきをする。

「それをいうならイエスイエス枕だ。村娘はノーと言わない。というか、村娘にノーという概念はない。彼女にとって、ぼくは神より『絶対』だからね」

太一郎は部屋に入った。

「そのように村娘を教育することが、ぼくのライフワークなのだよ、菊乃」

なんというタフな仕事、とクローゼットを開ける。

シンデレラや不思議の国のアリスのコスチュームがハンガーにかかっていた。白いパフスリーブのブラウスとギンガムチェックのエプロンドレスもあった。どれも女児サイズだった。明日「奪って、去る」予定の村娘は十歳である。十歳の女児というものは、菊乃がイメージしていたより小柄のようだ。

「当座の着替えはこの三着で充分かと」

成長期なのでね。すぐにちいさくなって着られなくなる、と太一郎はエナジードリンクのプルトップを起こした。

「そうだね。成長期だからね」

菊乃の声は上の空というふうだった。ドレスの下には、半透明の衣装ケースが置いてあった。ティアラやリボンなどのコスチュームの小物や、下着が入っているようである。生理用ナプキンと携帯ゲーム機も見えた。その隣に、白い蓋付きの琺瑯おまるが置いてある。

クローゼットから少しだけ視線をずらした。部屋の外側から鍵が取り付けられていたのは確認済みだった。「プリンスとプリンセスの寝室」と太一郎は言っていたが、村娘は一日中この部屋で過ごすことになるのだろう。シンデレラや不思議の国のアリスやドロシーの衣装を着て。

「成長期であり思春期であり反抗期でもある。少女がもっとも少女らしく輝く季節だ」

太一郎はおまるの横に置いてあった大きめのコンビニ袋と、丸めて壁に立てかけていた模造紙を取り出した。クローゼットを閉め、三、四歩いてドア近くに戻る。

「ん」

エナジードリンクを飲みながら、コンビニ袋を菊乃に渡した。

「ん」

菊乃は受け取り、袋のなかを見た。折紙、お花紙、輪ゴム、サインペン、クレヨン、ハサミ、のり、画鋲(がびょう)が入っている。

「これでなにを?」

菊乃が訊ねた。準備作業をするとは聞いていたが、内容は知らなかった。

「結婚式の飾り付けだ」

太一郎が丸めた模造紙で首の後ろを叩く。

6

下準備に取りかかった。ふたりともリビングであぐらをかき、作業をしている。

菊乃は、お花紙を七枚重ね、じゃばらに折り、真ん中を輪ゴムでとめ、一枚ずつ起こすようにして広げ、花を作っていた。べにもも。ももいろ。さくら。ぼたん。色はピンクの濃淡だった。作り終えた順に床に置いていっているだけなのに、ふわふわの紙のお花で囲まれていった。なんとも居心地が悪かった。苦笑しつつ太一郎に話しかけた。

「ぼくたちはまるで内職をしているようじゃないか」

模造紙をハート形に切っていた太一郎が、菊乃の作ったお花を見て言う。

「できれば、もっときれいにコロンと丸くなるよう作ってもらいたいのだが」

「了解」

苦笑した顔のまま菊乃は答えた。ぼたん色のお花をひとつ作り、「これでよろしいか?」と太一郎に訊ねた。「よろしい。その調子で」と応じられ、口もとが少しゆがんだ。

「……そろそろ明日の流れを聞かせてもらえまいか」

三度目の催促だった。お花を作りながら訊いた。作業に取りかかる前に訊いたときには「あーとーでー」と(まるで菊乃が「あーそーぼー」と太一郎を誘ったかのように)断られ、二度目に訊いたときには「手を休めないように」と(まるで手を動かしながら話すこともできないおばかさんにたいするように)注意されたのだった。

菊乃は、傷つけられたような感覚を覚えた。といっても、かすり傷程度だった。血が噴き出るほどではなかったし、さのみ痛くもなかった。ただ、太一郎がなにか言うたび、数が増えた。それが菊乃は不愉快だった。太一郎の言葉に少しずつ傷つく自分を憎んだ。そんな自分は嫌いである。

「よかろう」

太一郎はクレヨンの色を選んでいた。彼のそばには模造紙を切って作ったちいさめのハートが四つと、大きなハートがひとつ、あった。いずれも薄いオレンジ色の上に、ひとまわりちいさなクリーム色を重ね、のり付けされていた。

「明日、村娘は下校後、地下鉄に乗ってバレエ教室に行く。レッスンが終わるのは夜七時。遅くとも七時四十五分までには帰宅のため地下鉄に乗る」

赤いクレヨンを手に取り、太一郎がつづける。

「最寄り駅で降りるのは八時から八時十五分のあいだだ。十分ほど歩けば自宅に到着する」

ちいさめのハートに「よう」と書き、その文字をまるまると太らせた。

「自宅までの十分間に、村娘は跨道橋の下を通る。その跨道橋は石でできている。幅が広くて、なかなかりっぱな建造物だ。橋の下は昼でも暗い」

夜ならなおのこと、と、ふたつめのハートに「こそ」と書く。

「ぼくたちは橋の下に車を停めて、村娘を待つ」

「車？」

「軽だし中古だが車は車」

「いや、買ったのか？」

「買ったが？」

村娘にせがまれて海にドライブに行くかもしれないし、と太一郎はみっつめのハートに認めた「ゆり」を太らせながら答えた。菊乃が訊いた。

「こういう場合、アシがつかぬよう盗難車を用意するのが定石なのでは？」

「ぼくは可能なかぎり『奪って、去る』以外の犯罪に手を染めたくないのだよ。とくに車泥棒なぞ！　悪ガキじゃあるまいし！」

ふうん、と菊乃はできあがったお花を床に置いた。袋から新たにお花紙を七枚出し、じゃばらに折る。

「ときに、きみはずいぶん羽振りがいいようだね。そりゃ庭付き一戸建てとまではいかないが、まずまずのマンションだ。村娘を迎える支度といい、車といい、けっこうな出費だったのではないか？　ああ、それと」

調査会社への支払いもあったし、と菊乃は意識して頰をゆるめた。お花を作る手を休めず、ちいさな目だけを太一郎に向ける。

「週に三、四日、日勤パートとして働くだけでよい恵まれた環境にいるきみより遥かに貧乏ではあるのだが」

　太一郎はそう断りを入れてから、

「実はちょっとした臨時収入があってだな」

　とホ、ホ、ホと笑った。つぼめた口と同じ色の赤いクレヨンを握っている。

「父が亡くなり、保険金が転がり込んだのだよ」

　うまい具合にというかなんというか、ぼくが村娘を見初めたのと時期をほぼ同じくして、と菊乃を見た。色の薄いアサガオの種を思わせる目だ。

「保険金というのは存外早く下りるものだね」

　と声をひそめた。大きな尻を左右に振って移動し、菊乃に近づく。

「ぼくは短期のバイトをよしてニートに専念することにしたよ。当分、村娘から目を離せないからね」

　菊乃の耳に、はあっ、と息を吹き込み、ゆっくりと舌を入れる。

「すごく自由な気分だ」

　すごく、すごく、すごく、ぼくは、と舌の出し入れの速度を上げる。菊乃の耳のなかで太一郎がしたたらせる唾液の音が大きくなった。彼の漏らすやるせなさそうに震えた吐息も、長いセンテンスにおける読点のように侵入してきた。いつもなら読点を打たれるたびに興奮が増し、句点が待ちきれなくなるのだが、今回はちがった。登っていけなかった。「ぼくたち（のセックス）は奇妙」という言葉は頭のかたすみに常にあった。いつもはそれが快感のエンジンとなった。だが、今回はそうならなかった。

「……そんなにちょうどいいタイミングで親が亡くなるものかね」

菊乃は低くつぶやいた。落ち着いた声だった。セックスの最中とは思えないような。

「だからこその奇跡。運命はぼくと村娘を祝福し、応援しているのだよ」

それともきみは、と太一郎は菊乃の耳から舌を抜いた。

「ぼくが父を手にかけたとでも？」

でっぷりと太った尻を左右に振って、菊乃から離れる。

「もしそうだとしても、だからどうだと？　それがきみの突然発症した不感症の理由になるとでも？」

言いがかりはやめてほしいな、と眼鏡を外し、シャツの裾でレンズを拭く。もったいぶった動作だった。よっつめのちいさなハートに「あちゃん」と書く。「よう」「こそ」「ゆり」「あちゃん」という文章ができあがった。「あちゃん」の文字だけがまだ細い。それをクレヨンで太らせながら太一郎が言う。

「可能なかぎり『奪って、去る』以外の犯罪に手を染めない、とさっき言ったばかりだ。菊乃はぼくの言葉を信じないのか。出会ったときのように、たがいの口にする言葉を足場が悪い段差であそぶように信じる体で盛り上がれないのか。ぼくたちは北海道の乳児院で育ち、いまの親とは血がつながっていず、背中にカシオペア座のような五つの黒子(ほくろ)を持つ、二十四歳の、生き別れのふたごではなかったか」

ひょっとしてきみは、と太一郎はハッとしたように顔を上げた。

「村娘に嫉妬しているのでは?」

ぼくを村娘にとられると思っているのではあるまいか、と薄く笑った。

「それはない」

菊乃も薄く笑った。

「ただ、ちょっと気になっただけだ――」

そう言って口をつぐんだ。こころのなかではこうつづけていた。

(たがいの口にする言葉を足場が悪い段差であそぶように信じる体で盛り上がりたいのなら、ぼくの個人情報なぞわざわざ調べなくてよいはずだ。車は盗んだことにしたほうがいいし、父親は殺したことにしたほうがいい。結局、きみが急に不機嫌になったのは、ぼくをイカせられなかったからだろう? よほどプライドが傷ついたのだろう? きみは自分が巧いと思っているようだからね)

口にしなかったのは、菊乃の胸に太一郎と出会ったときのシーンが広がっていたからだった。この上もなく幸福な思い出のような気がして、少しだけ悲しくなった。

菊乃は、本心から太一郎を生き別れたふたごのような人物だと思っていた。その部分のみ、ガチで信じていた。ところがどうだ。実体はそんじょそこらの男と変わりがないではないか。ここにきて、太一郎は菊乃をただの女とみなし、自分に従わせようとしている。反応が悪いと腹を立てる。

けれどもそれは言ってもせんないこと。もし口にしたら、世間一般で言うところの痴話げんかになってしまう。菊乃にしてみれば、唾棄すべき展開だった。自分と太一郎の会話がすでに痴話げんかの様相を呈していると思えばなおさら。

「村娘の名は、ゆりあちゃんというのか？」

話題を換えた。

「ゆりあちゃんだ」

太一郎は簡潔に答え、「明日の説明のつづきをする」と赤いクレヨンを箱に戻した。

「ぼくたちは橋の下に車を停めて、村娘を待つ。あ、ぼくは運転席、きみは後部座席な。で、村娘が橋の下にさしかかったら、ぼくはサッと車を出て、高級なスタンガンにて村娘の動きを封じる」

「高級なスタンガンな」

「選びに選んだウエポンだ」

「その前にサッと車を出なきゃならないようだが」

「いくらデブでもそれくらいは」

太一郎はうなずき、つづけた。

「ぼくは村娘の口をふさぎつつ、車に押し込む。ドアを開けて待ちかまえていたきみは村娘を受け取るやいなや念のため村娘にスタンガンを発射し村娘の動作不能状態を継続させ、ガムテで口をふさぎ、ロープで縛り、拘束する。そのとき、ぼくは運転席に戻り、車を発進させている」

「ぼくもスタンガンを？」

「当然だ。万全を期す。ぼくはね、菊乃。決して失敗したくないのだよ」

ゆえに、ぼくたちが「奪って、去る」を決行しようとしたときにジョギングやウォーキングをするひとが通りかかったら迷わず中止だ、と宣言した。

「次週に延期とする」

「なるほど」

ところでスタンガンやガムテなどの装備はどこに？　と訊いた。「ベッドの下だ」

との答えを聞き、再度「なるほど」と相槌を打ち、さらに訊ねた。

「そのさい、ぼくたちは目出し帽的なものはかぶるのか？」

「かぶらん。たしかにそのほうが気分は出るが、やりすぎの感がいなめない。黒っぽい服でのぞんでくれればそれでいい」

「了解」

菊乃は作り終えたお花を床に置いた。菊乃の周りは花園のようになっていた。

「お花はもう充分だ」

次は輪っか飾りを、太一郎が折紙を顎で差し示す。六等分にした折紙を輪にし、鎖のようにつなげ、寝室の壁にぶら下げるらしい。壁いっぱいのお花に埋もれるように飾ったハートに垂れかけるようにして。太一郎と村娘の結婚式の装飾である。式は寝室でおこなうようだった。

「して、結婚式の日取りは？」

折紙を切りながら菊乃が訊ねた。

「まあ、そう急ぐな」

太一郎がすこぶる機嫌のよい声で答える。大きなハートにやはり赤いクレヨンで「けっこん、おめでとう」と書いた。ことのほか丁寧に文字を太らせたのち、金色のクレヨンでふちどりをした。たっぷりと時間がかかった。太一郎の舌なめずりをする音が聞こえそうな、たっぷりとした静寂がふたりをつつんだ。

　菊乃は太一郎を急かさなかった。

　決行を明日に控えた「奪って、去る」の具体的な段取りを聞いているのに、足場が悪い段差であそんでいるような感じが徐々に濃くなる。信じる体でいるような気がする。

「まず話を戻そう。村娘を車に押し込み、発進させたところからつづける」

　太一郎が言った。

「車を駐車場に入れたら、村娘にかつらをかぶせる。『リング』における貞子を彷彿させる長い黒髪のかつらだ。さらに大判のタオルケットで彼女を包み、適宜スタンガンを打ちつつ、部屋まで連れていく。そのさい、ぼくたちは、『大丈夫？　しっかりして。もうすぐ部屋に着くから。……危険ドラッグなんかに手を出すからこんなことに』と心配のあまり怒りに駆られた親戚のような態度で村娘を覗き込み、声をかけつづける」

「入居者とばったり顔を合わせることを想定しての熱演か」

「防犯カメラ対策でもある」

「カメラに声は映らんが」

「万全を期すのだよ」

とにかく村娘を我が家に連れてくるまではだれも見ていなくても芝居をつづける、と言って、太一郎は深呼吸した。

「村娘を我が家に連れてきたら、おしおき部屋に入れる。どのくらい時間がかかるか知れないが、彼女が落ち着くまで、つまり泣きつかれるまで放置する」

ふくよかな頬を両手でつつみ、夢みるような表情で首をかしげた。

「ころあいをみはからい、ぼくはおしおき部屋に入る。『怖かったろう？　もう大丈夫だよ』と声をかけ、村娘からやさしくガムテをはがす。『ぼくは太一郎』と自己紹介をしながらロープをほどいてあげる。彼女がなにか言いかけたら手で口をふさぎ、逃げ出そうとしたらスタンガンを打ちつつ、説明するんだ。きみはぼくの嫁としてここに来たこと。一生、ぼくの嫁として生きていくこと。ぼくのことはターちゃんと呼ぶこと。ぼくはどんなことがあってもきみを守るから、きみはぼくを裏切ってはいけないこと……。そして、誓いの結婚式をあげるんだ」

まあ、かたちばかりのものだが、と太一郎は顔を肩にめりこませるようにして首をすくめた。ぐふぐふとだらしなく照れ笑いする。

「すると、ぼくの役目は牧師的なものか?」

六等分に切った折紙をのり付けしながら菊乃が訊くと、

「いや、特にないけど?」

と真顔になった。

「え?」

菊乃は手を止めた。

「きみの次の出番はFGMのときだが? そしてそれが最後だが?」

「え?」

「とどのつまり、きみはFGMができたらそれでいいのだろう? ぼくは村娘の貞操を守れ、両者win-winみたいな、そんな取り決めではなかったか? ちがうか?」

太一郎の顔つきは菊乃をばかにしているようでも、ごまかそうとしているようでも、嘘をついているようでもなかった。事実を告げているだけのように見えた。

「おや、そうだったっけ?」

菊乃はとぼけてみせた。濃いむらさきと、深いみどりと、冷たい青で描いたザクロが浮かんだ。皮が破れ、真っ白な歯が覗いている。それが草原で風とたわむれる美少女の股間にある。菊乃がよく描くイラストだった。めりめりと広がり赤ん坊をひりだす膣口もよぎった。それじたいがなにかの生き物のようである。それじたいが呼吸しているようである。その生き物はだいたいいつも湿っていて、あったかくて、いやなにおいがして、ぴらぴらとした肉の飾りを振り立てて、お口をぱくぱくさせている。そのたび、たくさんのちいさな白い歯がカチカチと鳴る。どうやって咥え込もうかとたくらんでいる。咥え込んで、吸い取りたくて、身悶えする恥知らずなのに、赤ん坊をひりだしたとたん、聖なるものの扱いを受け、鼻高々になる。ひたすらグロい生き物のくせに。グロくて臭くて陰気で狡猾なくせに。こんなものが自分の一部だと菊乃は認めたくない。こんなものが自分の一部であることを容認した上で乗り越える強さを持ちたいと思い、毎日触れ合え、目の当たりにできる職についた。ぼくは、もっと、強くなりたい。

「そうだったかもしれないな」

いや、これは失敬、と歯を剝き出して笑った。ぴらぴらとした肉の飾りを切り取り、膣口を封鎖し、村娘の陰部の見た目をすっきりとさせてあげたいきもちはまだあった。菊乃は、村娘にシンプルな陰部をプレゼントしたいのだった。さわやかなルックスの陰部を持つ誇りは、施術後の体調不良や不具合による苦痛をおぎなってあまりあるはずだ。ゆくゆくは太一郎に破られるのだが、ふたりで最初にそう決めたのだから、仕方ない。ぼくは約束を忘れるふりなどできない質だ、とうなずき、気づいた。

なに、太一郎に貫かれる前に、彼女をどこかに逃がしてやればいいだけのこと。秘技・「奪って、去る」返し、と唇を動かさずにつぶやき、その「どこか」は、ぼくの部屋でもいいな、と菊乃は思った。天蓋付きのベッドや、プリンセスの衣装や、結婚式など、あまりにもばかばかしくて興味を持てなかったが、あの琺瑯のおまるは少し気に入っていた。ぼくの部屋にもきっと似合う。似合う部屋を探す。ぼくと村娘だけの部屋だ。そこでぼくは村娘を教育する。ぼくの精神を彼女に叩き込む。村娘はもうひとりのぼくになる。ぼくの理想のぼくになるのだ。

「第一回『奪って、去る』成功を祈り、乾杯でもしようか」

と立ち上がった。

「『第一回』とは異なことを」

笑いながらも、「ヤクはたんと用意している」と太一郎は冷蔵庫を指差した。

7

太一郎がシャンパンの栓を抜いた。ポン、と可愛らしい音が立った。200ミリリットルのちいさなボトルだが、G．H．マム　コルドン・ルージュ　ブリュット。F1の表彰台でおこなわれるシャンパンファイトに使われる銘柄である。

「勝利の美酒をご堪能あれ」

カッ、カッ、カッと水戸黄門のように笑いながら、プラスチック製シャンパングラスに金色の液体を注いだ。太一郎は椅子に腰かけ、ゆったりと足を組んでいた。腕を伸ばし、床であぐらをかいている菊乃にシャンパングラスを渡す。

「いただくとしよう」

菊乃も腕を伸ばし、シャンパンを受け取った。太一郎と目が合った。彼の目は熱に浮かされていた。はしばみ色のまなこが、日なたに置いたアイスクリームみたいに溶けかかっていた。感情の動きなどついぞあらわれない彼の目に、「得意」と「興奮」と「愉悦」が浮かび上がっていた。頰は紅潮し、小鼻はピクつき、半びらきにした赤いおちょぼ口で浅い呼吸を繰り返し、黒いポロシャツの脇のあたりから汗のにおいを発散させていた。

「夢が現実になっていく最初の夜に」

シャンパングラスを目の高さに掲げ、「乾杯」代わりにこう言った。

「ドリカム」

「ドリカム」

菊乃も太一郎と同じ動作をし、同じ言葉を口にした。やはり太一郎同様、シャンパンを飲み干す。菊乃もまた「得意」と「興奮」と「愉悦」にまみれていた。ふうっっっと長く息を吐き出してから、プッと噴き出す。

「きみ、車から出るとき、とてもイカした感じで『レディゴー』とか『ヒアウィゴー』とか言ってなかった?」

「きみだって!」

太一郎はすかさず言い返した。

「村娘がちょっとあばれたら『観念しな』とかなんとかドスをきかせながらチビスタをぶっ放していたではないか」

とデスクの上のスタンガンを指差す。きょうの「奪って、去る」計画を遂行するにあたり、ふたりは細長いほうをロンスタ、ちいさいほうをチビスタと呼ぶことにしていた。歩行中の村娘に最初に打撃をあたえる役目の太一郎はロンスタ、車に押し込まれた村娘に至近距離から適宜打撃をあたえつづける役目の菊乃はチビスタを使った。威力も価格もロンスタが上である。

「つい気分が出てしまうものなのだなあ」

空のシャンパングラスを床に置き、菊乃は後方に手をついた。

「無我夢中なのについ気分が出てしまうふしぎであることよ」

眼鏡の中央に指をあて、太一郎が同意する。それまでの頰の赤さとはちがう赤みが目のふちを染めていた。早くも酔ったようである。ふと、というふうに、顔ごと、おしおき部屋に視線を向けた。先ほどから頻繁に——息をするように——見ていたのだが、いずれも、目を動かすだけの、盗み見するような見方だった。

「それにつけても防音室の偉大さよ。村娘の声がひとつも漏れてこないではないか」

とゆっくりと立ち上がる。キッチンに行き、冷蔵庫からいつものエナジードリンクを取り出そうと思ったのだが、その前にこう思った。

（いや、あそこにいるのは単なる村娘ではなく、ゆりあちゃんなのだ。ゆりあちゃんという、今夜ぼくが手に入れた、たったひとりの女の子なのだからして、『村娘』ではなく『ゆりあちゃん』と個人名で呼んであげるべき）

太一郎の脳裏にゆりあちゃん奪取シーンが流れた。回想のなかの彼は、スイミングインストラクターのようなからだつきをしていた。黒いポロシャツと細めの黒っぽいズボンがたくましい体形を引き立たせていた。そんな回想のなかの彼は、スタートの反応のよい短距離走者のごとく最高のタイミングで車をさっと出て、黒い疾風のごとくすみやかにゆりあちゃんの背後に近づき、脇腹にロンスタを打ち込んだのだった。

太一郎はそうっと手を握りしめた。

一撃をくらい、くずおれたゆりあちゃんを思わず抱きかかえたときの感触がよみがえったのである。ゆりあちゃんの胴体は思っていたよりも少し柔らかかった。思っていたより少しほっそりしていた。そうして思っていたより少し温かく、且つ少し湿り気があった。

つまり、実際にふれたゆりあちゃんの肉体は、太一郎の想像とは少しずつ全部ちがっていた。だが、なぜか――いや、だからこそ――太一郎はすべて想像通り、と思った。「リアル」の正体を摑んだ気がした。

太一郎がゆりあちゃんを知ったのは、二月前だった。

日が落ちたころ、彼が勤めていた保育園にあらわれたのだった。三歳の弟のお迎えのために。

お迎えにきたのは彼女だけではなかった。両親も一緒だった。父親のほうは知っていた。彼の息子は、一年くらい前から太一郎の勤めていた保育園の園児だった。今春、再婚したとのことで、新しい一家で息子をお迎えにきたのである。

そのとき、ゆりあちゃんは厚手のトレーナーににぎやかな柄のレギンスを合わせていた。黒いサラサラヘアを頭の横っちょでひとつに結んでいた。太一郎の好きな髪型だった。姿勢がよいのも太一郎の好みだったし、頭部がちいさく手足が長いのも太一郎の好みだった。トレーナーのポケットに両手を入れ、照れくさそうに微笑むようすもたいそうよかった。ナチュラルな奥二重の目と細い鼻、口角の上がった唇。眉はいくぶん濃いようだったが、そこを除けば、ゆりあちゃんはほぼ完全に太一郎のタイプだった。なにもなければ、「きょう、すてきな女の子を見た」と彼のこころのノートに記されるだけで終わるはずだった。

だが、彼女は去り際、太一郎にこう声をかけた。

「さようなら」

右手は父、左手は母とつなぎ、「あのねー、きょうはねー」とお喋りする弟の背なかに目をやったあと、ぼうっと立っていた太一郎を振り向き、内親王のように上半身をかたむけ、ちいさく手を振ったのである。

「さようなら」

太一郎も手を振り返した。ゆりあちゃんのさみしいきもちが伝わってきた。新しい家族のなかで、微妙な年齢のゆりあちゃんはきっと除け者。一瞬よりも長く目が合ったそのとき、太一郎は「あたしをここから連れ出して」という彼女自身もまだ気づいていない本心を察知した。

あくる日から、太一郎は動き始めた。

まずはゆりあちゃんにかんする情報集め。次にふたりの新居探し。入居にかかる費用は、ある程度蓄えでまかなえそうだった。けれども彼はふたりの新居をできるかぎり完璧に整えたかったし、「奪って、去る」を絶対成功させたかった。そのためには金が必要だった。

仕事の合間に盗み撮りした園児の写真をネットで販売していたが、さほどの収入は得られていなかった。ブランコを漕いでいるときのパンチラや、水遊びのさいに起こった乳首ポロリは、好事家にとってさしてめずらしくないようだった。

(日陰の変態のくせに生意気な)

「もっといいのないの?」という問い合わせを受けるたび、太一郎は心中で毒づいた。

彼は幼児に性的興味を抱く者を軽蔑していた。自分にはとても理解できない嗜好の持ち主と気味悪く思っていた。

太一郎は、自分は、いわゆるロリコンとはちがう、と考えている。

彼は、ただ、理想の女性を自分の手で作り上げたいだけだった。彼をこの世のすべてだと信じる犬のようにいじらしいパートナーと添い遂げたいだけなのである。決して奇妙な望みではない、と思っている。平凡と言ってもいいくらいだ。多くのひとたちが渇望しながらも諦めていることのひとつにすぎないのだからして。

犬のようないじらしさを仕込み始める適期は、小三か小四というのが太一郎の意見だった。

そのくらいの年齢になると、自分のことはなんでも自分でできるし、からだも丈夫になっているので、少々手荒い真似をしたり放っておいたりしても死なないし、将来の顔立ちや体形もわりあい正確に予想できる。なにより、自我がなめらかプリン程度にかたまっているところがよい。

新たな価値観を植え付けたいのなら、ターゲットの自我はカッチカチに固まっていてもいけないし、フニャフニャに柔らかくてもいけない。前者は浸透させるのに骨が折れるし、後者はあっけなさすぎてつまらない。性的な問題もあった。前者は豊富な経験をもとにして太一郎をバカにする可能性があった。後者は後者で関係を結べるような肉体に成長するまで長いこと待たなければならない。繰り返すが、太一郎に幼児性愛趣味はないのだった。

閑話休題。

金が必要になった太一郎は父の預金を引き出した。

若く見えるのをいいことに菊乃には二十四歳と言っていたが、彼は三十六歳だった。生まれてこのかた実家暮らしで、数年前に母を亡くしてからは父とふたりで生活していた。父は、去年、ちいさな製菓会社を定年退職していた。太一郎が引き出したのは、この退職金である。百万円もなかったが、太一郎父子にとってはまとまった金額だった。まとまった金額ではあったのだが、太一郎からすると「ないよりまし」程度だった。

だから、預金の引き出しを知った父に、唾を飛ばしながらきたない言葉で長々と詰られたときは腹が立った。「いやはや、いやはや」とかぶりを振って燃え盛る怒りをしずめ、言った。

「雨にも負けず風にも負けず働きつづけてあなたが得た退職金はほんの微々たるものであってだな。いや、そもそも、あなたの稼ぎは少なくて、われわれの生活は、ナースだったあなたの妻がどうかというほど夜勤をしたおかげで回っていたのではあるまいか。ちがうか。そのような状態にもかかわらず、育ててやった恩も忘れてなどと父親面されても説得力皆無。むしろぼくはあなたの妻が亡くなったときに、あなたがちゃっかり入手したはずの虎の子の保険金の隠し口座を訊きたいのだが。ぜひとも知りたいのだが。というか知る権利があると思うのだが」

ふだんほとんど口をきかない息子に、こう一息に捲し立てられ、父は真っ赤な顔をして唸った。頭と腿を掻きむしったあと、泡を吹いて倒れ、いびきをかいた。太一郎が救急車を呼んだのは翌日の夜だった。病院でも、警察でも、「昨晩は友人の家に泊まって……。きょう帰ってきてみたら……」と声を詰まらせた。結果、彼は両親の保険金を手に入れたのだった。

幸運な出来事だった。太一郎は神が味方についていると確信した。ぼくとゆりあちゃんは「そうなる運命」だったのだと感動にふるえた。だから勤めも辞めてしまった。もともと同僚女性から爪弾きにされていて、居づらい職場だった。同じ理由で彼はいくつかの保育園を渡り歩いていた。

「ドリカム」

「ドリカム」

エナジードリンクを菊乃に手渡し、二度目の乾杯をした。

太一郎は改めてとっくりと菊乃をながめた。

菊乃は黒い半袖トレーナーを着ていた。下は黒のハーフパンツである。

（黒は締まって見えると言うが、あれは嘘だな）

と思い、

（ほろ酔いの女が色っぽいというのも嘘）

と思い、

（なにを着てもデブはデブだし、目もとがほんのり桜色に染まってもブスはブス）

と結論した。

（女としてだれにも相手にされないから、中性的に振る舞い、美少女にFGMを施したいという願望を持つのだろうて）

菊乃のFGM願望は、彼女なりの復讐なのだからして、といつも思うことを思った。かわいそうに、と風味付け程度に同情してから、ぼくにとっては渡りに船とでもいうべき出会いであった、とほくそえんだ。それから、なに不自由なく育てられたのに、こんなにひねくれてしまって、とまた軽く菊乃に同情し、菊乃が趣味として働いているのが、彼の母が家計をささえるために働いていた医療現場だと思い出し、あわい憎しみを波立たせた。

「ひとつ提案があるのだが」

あかるい声を出した。

「なにかな？」

菊乃が応じ、太一郎が答える。

「予定では、このあとぼくがゆりあちゃんに今後の生活を言い含めることになっているのだが、それ、きみにまかせてもいいだろうか？」

「なんでまた急に」

「いや、本来の『奪って、去る』では一家総出で村娘の説得にあたるだろう？　あれをちょっとやってみたくなったのだよ。だって、かたちばかりではあるのだが結婚式を挙げるのだからして。説得担当と花婿が同一人物というのはなんだか間が抜けていまいか」

「なるほど、間が抜けているかいないかと問われれば、抜けていると答えざるを得ないな」

「だろう？」

「よし、分かった。ぼくは一家の長老っぽい雰囲気で村娘に教え諭すとしよう」

「よろしく頼む」

太一郎はうなずくようにして頭を下げた。口もとには笑みが浮かんでいた。菊乃はおそらく張り切って、チビスタで適宜脅しつつゆりあちゃんを説得するだろう。ゆえに、菊乃はゆりあちゃんの記憶に「怖いひと」として刻まれる。その後援するぼくは、ゆりあちゃんにとって「やさしくて安心できるひと」になる。菊乃は、ゆりあちゃんがぼくとの生活に慣れ始めたころFGMを施すのだから、決定的に「怖いひと」になり、傷ついたゆりあちゃんをいたわるぼくは決定的に「やさしくて安心できるひと」になる。つまり、菊乃はぼくとゆりあちゃんふたり共通の敵となるのだ。

このようなことを太一郎はうっとりと夢想した。そうして、ある日、ゆりあちゃんは涙を浮かべてぼくにこう懇願するのですよ、とこっそり舌なめずりをした。

（ターちゃん、お願いだから、もう二度とあのひとをあたしたちのお家に入れないで）

太一郎はこころのなかで女の子の声色（こわいろ）を使っていた。すぐに低くて頼りがいのある男の声をつくり、答える。

（そうするよ、ゆりあちゃん。あのひとがあんまり怖くて強いものだから逆らえなか

った弱虫のぼくだけど、ゆりあちゃんのためなら勇気を出せるよ）

「どうした？　太一郎」

独り笑いなぞして、きもち悪いではないか、と機嫌よく菊乃がからかった。

「失敬」

太一郎も機嫌よく応じた。真顔に戻そうとしたが、うまくいかなかった。夢が現実になるさなかにいる喜びがじわじわと込み上げてくる。この喜びを分かち合えるのは菊乃だけだと思った。と、菊乃とセックスがしたくなった。ゆりあちゃんの目を盗み、今後もときどき菊乃とセックスするのもアリだな、と思うと、もっと大きな喜びが湧き上がり、多幸感に包まれた。

8

菊乃は炎のかたちをしたＬＥＤライトを脇に抱え、おしおき部屋のドアを開けた。もちろんチビスタも持っている。歯科医院でよく見る歯のイラストをさかさにしたような形状の、手のひらサイズの黒いやつだ。

リビングの灯りが差し込み、束の間あかるくなったものの、ドアを閉めたら、暗闇に戻った。

　菊乃は半袖トレーナーの胸ポケットから携帯を取り出した。画面を明るくし、左右に振る。ほのかな灯りが村娘を捉えた。彼女は部屋の左すみにいた。芋虫のように転がっていた。三時間ほど前、太一郎と菊乃は村娘をおいて、この部屋を出た。あのときと同じ恰好で、おとなしくしていた。もしかしたら眠っているのかもしれない。物音に気づかないほどの深い眠りに入っているのだとしたら、相当図太い神経の持ち主である。

　菊乃は携帯の向きを変え、コンセントを探した。コンセントは部屋の奥の右側にあった。四、五歩歩いて膝をつく。炎のかたちをしたLEDライトのプラグをコンセントに差し込もうとした。ふたつの穴に、ふたつの突起を入れようとしたその瞬間、ガチャポンのハンドルを回したような感覚がきた。取り出し口に落ちたカプセルを拾って開けるシーンが頭のなかを横切ったと思ったら、ファンファンファンファンファンファ～ンとクイズで不正解を出したときのような効果音が流れた。

　夢から醒めた気がした。

　正確にいうと、夢見心地から抜け出た感じだった。

　ついさっき——ほんの数秒前までは——夢見心地だった。夢みていたことが現実となり始め、菊乃は夢のような快さのなかにいた。

夢みていたときと、夢見心地の状態はよく似ているが、全然ちがった。いまにして思えば、夢みていたときのほうが現実感があった。度の合った眼鏡をかけて、未来をながめているようだった。それにたいして夢見心地の状態は、〇・〇一くらいの視力の裸眼で世界を見ているようなものだった。いずれにしても足もとはふわついた。それは変わらないのだが、浮遊感でいえば夢見心地の状態に分があった。村娘奪取に成功した菊乃は「得意」と「興奮」と「愉悦」に首まで浸かった。きわみにまで達しそうだった。

「ドリカム」

「ドリカム」

そう言いながら乾杯した自分と太一郎の顔つきが、菊乃のまぶたの裏に迫った。あのとき、夢見心地の状態にもかかわらず、菊乃は太一郎の顔を醜いと思った。そう思ったのは初めてだった。不細工という認識はあったが、醜いと思ったことはなかった。すぐさま、きっとぼくも醜いはずだ、と考えた。だが、その考えは、こころのなかでこだまする「やったぞ!」という言葉によって掻き消された。

炎のかたちのＬＥＤライトを点灯する。

そこそこあかるいオレンジ色の灯りがおしおき部屋を照らす。

菊乃は村娘に近づいた。村娘はガムテープで口をふさがれ——口だけに貼られたのではなく、後頭部をふくめ、ぐるぐる巻き——、後ろ手で縛られていた。肩と膝と足首も新品のロープで縛られていた。

後ろ手以外は部屋に入れてから、念のためにと、ふたりがかりで縛ったものだった。縛る箇所が増えるたび、太一郎と菊乃の息が合ってきた。縛り手は太一郎で、菊乃は村娘の動きを封じる係。一カ所縛るたびに作業の速度が上がり、急速に熟練する手応えが感じられ、面白くなり、「もっとほかに縛るところはないか」と、ふたりは目と目で会話した。

地下駐車場から部屋に連れてくるまでに使った長い黒髪のカツラと大判のバスタオルが、村娘の脇に投げ捨てられていた。

菊乃は村娘のすぐそばに腰を下ろした。村娘は目を開けていた。泣きはらした、という目をしていた。泣き疲れてもいるようだった。村娘がギャン泣きをしたのは、この部屋に連れてきてからだった。チビスタの使用を太一郎が禁じたのだ。村娘を説得するさいも使う予定なので、インターバルをおいたほうがいいのでは、とのことだった。村娘に「痺(しび)れるように痛くなるアレは、もう使わないんだ。ああ、よかった」と思わせておいて……という寸法である。

　ガムテープでふさがれていたので、村娘の泣き喚く声はさのみ大きくひびかなかった。息を吸ったり吐いたりするたび、ガムテープがへこんだり、盛り上がったりした。そのようすを見て、菊乃はびいどろを連想した。ポッペン！　とは鳴らなかったし、あれほどのへこみもふくらみもなかったけれど、そのようなものに感じた。

「して、トイレは大丈夫か？」

　菊乃はあぐらをかいた両膝に肘をおき、軽く指を組んだ。上体は村娘のほうにやや倒している。村娘はかすかに首を振った。「そうか」とうなずき、菊乃がつづける。

「もしトイレがしたくなったら、あそこで」

　と部屋の右すみを指差した。村娘がちょっと頭を持ち上げて、その方向を見る。

「おまるだ。尿意や便意を感じたら、きみは、あのおまるの蓋を開け、用を足し、蓋を閉める」

　村娘が菊乃に向かって目を見ひらいた。上半分だけ覗く鼻の穴がふくらむ。ガムテープが少しへこみ、少しふくらんだ。

「ふむ」

　菊乃は尻歩きで村娘に近づいた。村娘は拘束された全身を使い、後じさりしたが、すぐに菊乃に捉えられた。

「怖がらなくてもいい。ガムテープをはがしてやるだけだ」

少し笑いながら菊乃は言った。ぐるぐる巻きにした布製の粘着テープをはがしにかかる。バレエのレッスン後だった村娘は頭頂部でおだんごを結っていた。ゆえにガムテープが貼り付いていたのは、村娘の口周りと、うなじ周辺だった。菊乃の作業が進むにつれ、細い後れ毛が次々と抜かれ、そのたび村娘は短くてちいさな悲鳴を上げた。

「ぼくはあいにく体毛が薄く」

後れ毛の付着したガムテープを丸めながら菊乃が言った。

「脱毛処理はしなくてすんだのだが、いちばん上の姉は毛深くてな」

苦労していたようだぞ、と村娘を見た。ちょっと顎を引き、ほう、と口を動かす。

「ほう、ほう」とつぶやきながら、村娘の顔を見つめた。見つめているうち、引いていた顎が元の位置に戻った。そればかりか、だんだんと前に出ていき、首を突き出す恰好になった。顔つきは真剣そのものだった。無言で凝視され、村娘が怯えた表情を見せる。透明人間の手でこねられたように顔をゆがめ、「ひっ」のかたちで固定されつつふるえる口もと。

「これはこれは」

菊乃はかぶりを振った。握りこぶしを口に持っていく。咳払いをするときのような仕草だった。うつむき、クックックッと低く笑った。笑いながら言った。ようやっと確認できた村娘の顔立ちは、菊乃の想像を超えていた。

「失敬。話を戻そう。尿意や便意を感じたら、きみは、あのおまるの蓋を開け、用を足し、蓋を閉める」

いいね？　と念押ししたら、村娘がかすかにうなずいた。それを見て、菊乃は白くてモチモチした頬をぷうっとふくらませた。大笑いする一歩手前のような表情で、

「じゃあ、繰り返してみて。『おまるの蓋を開け、用を足し、蓋を閉める』」

「……『おまるの蓋を開け、用を足し、蓋を閉める』」

村娘がか細い声を発した。涙まじりだったし、震えていたが、十歳の少女らしい、清潔な声だった。

「もう一度。尿意や便意を感じたら、きみは？」

菊乃がひと差し指を向けたら、一拍おいて、村娘が答えた。

「『おまるの蓋を開け、用を足し、蓋を閉める』」

菊乃は腹を抱えて笑った。

「なかなか見事なコールアンドレスポンスではあるまいか、ちがうか」

と、にいっと歯を剥き出して村娘の顔を覗き込むようにした。村娘は泣き出すのを懸命にこらえているようすだった。

「だが、紙が用意されていないようだな。トイレットペーパーくらいきみも欲しかろう」

菊乃はおまるをちらっと見てから、村娘に視線を戻した。

「どうした？　きみはトイレットペーパーが欲しくはないのか？」

村娘が黙っているので確認した。「欲しいです」とてもちいさな声で村娘が答える。すかさず菊乃はマイクを持つ身振りをして「わたしはトイレットペーパーが？」と言い、マイクを村娘に向ける振りをした。「欲しいです」というレスポンスを聞き、満足そうにうなずく。

「とはいえ、そのような状態では満足に用も足せまい」

どれ、ロープをほどいてしんぜよう、と菊乃は軽快な口調で言った。横向きになっていた村娘をころりとうつぶせにし、まず、手首を縛っているロープの結び目に手をかけた。

「……きみにひとつ訊きたいことがあるのだが」

菊乃は落ち着いた声を出した。堅い結び目をほぐす指先が赤くなり、熱を持っている。

「きみは自分がけっこうなブスだと知っているか？」

結び目をほぐす手を止め、村娘を窺（うかが）った。村娘は強張った表情をしていた。

「きみの顔立ちは下の上か、よくて中の下だ。たしかに、きみはいま、まぶたを腫らしているし、ガムテの影響で口周りは赤い。恐怖におののき、憔悴（しょうすい）しているものだから、顔つきにいきいきとした輝きはない。事前に相棒から美少女と聞き、期待が高まり、勝手にハードルを上げてしまったぼくの落ち度もある。だが、それらを差し引いても、きみはけっこうなブスだ」

結び目がほどけた。毛糸を巻き取るようにしてロープをほどく。

「きみの目と目は離れすぎている。黒目がちいさすぎる。鼻の付け根はまったいらだし、上唇が薄すぎる。トータルとしてあっさり系の顔立ちなのに、眉毛が太く、そして濃い」

想像の斜め上をいくとはこのこと、と菊乃は村娘の肩を縛っていたロープの結び目ほぐしに取りかかった。

「けれどもきみは鏡とにらめっこし、『いいところ』、もしくは『わるくないところ』を次々と見つける。眉を整え、産毛を剃り、カラコンを入れ、化粧を工夫し、表情の作り方や写真の撮られ方も研究し、可愛く見せようとする。その努力は一定の成果を上げる。きみは『けっこうなブスなのに可愛く見える女の子』のひとりになる。『見える』だけなのに、『可愛い』と認定される女の子に」

肩を縛っていたロープをほどいた。次は膝。

「それがぼくは気に入らないんだ。だってインチキだろう？　ごまかしてるだけじゃないか」

膝を縛っているロープの結び目も堅かった。菊乃の指先はますます赤く、熱くなった。皮が剝けそうで、ひりひりと、じんじんと、痛かった。

「可愛く見える女の子に嫉妬しているわけではないのだよ。否定しているのでもない。ただ気に入らないだけだ。すごくたくさんある、ぼくの気に入らないことのひとつに過ぎない」

村娘の膝を自由にした。残るは足首を縛っているロープのみ。

「家族にさえも折にふれ社会的地位の高さをアピる父も、頂戴したお中元やお歳暮の品の値段をメモる母も、毛深いが優秀ないちばん上の姉も、やはり毛深いが優秀な二番目の姉も、毛深くはないが優秀ではないぼくも、みんな、それぞれ気に入らない」

まあ、どうでもいいことだが、と菊乃は独白した。村娘の足首を縛っていたロープ

をほどき、

「さあ、これできみはほとんど自由の身だ」

と声を張った。村娘が驚いたような目で菊乃を見る。

（じゆう？）

と唇が動く。菊乃も村娘を見返した。少しのあいだ、ふたりは見つめ合った。

（そうだ、自由だ）

その間、菊乃は頭のなかで何度か村娘にそう告げた。だが、伝わらなかったようなので、口に出して説明することにした。

「きみはいま、恐怖におののいている。とんでもない不幸に見舞われたと思っている。それはそうだろう。バレエのレッスンの帰り道、デブふたりに拉致られ、狭い部屋に連れ込まれ、けっこうなブスと断定されたのだからして。おそらく、きみの不安の柱は自分が殺されるかどうか、ぼくたちにきみを殺す気があるかどうか、ということではあるまいか。ちがうか」

村娘は手で顔をおおった。「ほとんど自由の身」となった彼女はもう転がっていなかった。壁に背をつけ、女の子座りをしている。

「その点は安心していい。ぼくたちは殺人鬼ではないし、誘拐犯でもない」

村娘は手で顔をおおったまま、かすかにうなずいた。肩で息をしている。その動きが見る間に激しくなり、同時に漏らす嗚咽(おえつ)の音が大きくなる。

「だが、ぼくたちはきみを手放さない。なぜなら、きみは選ばれた女の子だからだ。ぼくたちは――というか、ぼくの相棒が、きみを選んだのだ。きみしかいない、と思い込み、きみを迎えるために、大枚はたいて、あれこれ準備した」

村娘の嗚咽が止まった。顔をおおっていた手をゆっくりと下げる。

「ぼくの相棒は、きみを嫁にすると決めたのだった」

え、というふうに村娘が涙でよごれた顔を上げた。

「拉致監禁は彼なりのプロポーズと思っていただきたいのだが」

村娘はだらりと口を開けた。ひどく驚いているようだった。とまどっているのが見て取れた。菊乃の言ったことを、頭のなかで必死に整理しているようである。

「きみは、ぼくの、相棒の、嫁として、選ばれ、いま、ここに、いる」

菊乃は一言ずつ区切って繰り返した。村娘はだらしなく開けた口を閉じようともせず、呆然としている。

「その反応も無理はない。だが、これは、きみにとっても、決して悪い話ではないのだよ」

床に置いていたチビスタを手に取り、もてあそびながら菊乃はつづけた。

「ここにいるかぎり、きみは夢のなかで生きられる。ぼくの相棒の夢のなかの住人として、夢見心地で毎日を過ごすことができるのだからして」

村娘は首をかしげた。菊乃がなにを言っているのか分からないようすだった。

「出会ったころのぼくと相棒が過ごしたような日々を、きみは、死ぬまで送ることができるんだ」

村娘はかすかに首を振った。

「しかも天使になれるという特典付きだ」

右手から左手、左手から右手。チビスタを移動させながら、菊乃がつづける。

「天使というのは、股間がつるりとした生物だ。男でも女でもない。むろん、人間が完全に天使になるのはむつかしい。だが、近づくことはできる。いいかい？　きみは、比喩的な意味でぼくの相棒にとっての天使になれるだけでなく、肉体的にもほぼ天使になれるチャンスをあたえられた、幸運な女の子なのだよ」

菊乃はチビスタしか見ていなかった。けれども、村娘の視線は感じていた。村娘の視線には軽蔑が混じっていた。軽蔑だけでなく「ちょw」と鼻であしらうような、バカにするような気味もあった。

「気に入らないな」

菊乃はチビスタを放り投げた。村娘の視線を強く感じた。彼女のまなざしは、ものをよく知っている大人のようだった。菊乃の言っていることの十分の一も理解できていないくせに。まったく特別な人間じゃないくせに。ぼくのなかでふくらんでいた、太一郎から奪取して、心身ともにぼくの思い通りに改造しようとする計画を一瞬でつぶしたくせに。

「すごく気に入らないのだが」

手探りでロープを摑み、光の速さで村娘の首を絞めた。あんまり速かったものだから、夢みていたのか、夢見心地だったのか判然としなかった。ことが済んでからもよく分からなかった。頰が猛烈に痒（かゆ）くなった。搔いたら、からだじゅうが痒くなった。

☞P．120

乙女の花束

【コスモス】

〈キク科〉別名＝あきざくら

花言葉　乙女の心　Girl's mind

1年草で草丈は1〜2m。楚々とした涼やかな花ですが、原産地は、意外にもメキシコ。

ピンクや白の花ははかなげですが、実際はひじょうに丈夫な性質です。

――『花言葉【花図鑑】』夏梅陸夫写真、山本多津文、マーカークラブ編集、大泉書店（引用以下同書より）

1　魅了

十四年生きていますが、可愛らしくなかった時期などありません。いままでずっと、周りのひとに可愛い、可愛い、と言われてきました。周りのひとは、わたしを見ると、そう言わずにはいられないようでした。わきあがった感情を、可愛いの一言に込めるのでした。

こどものときは、大人からしか言われませんでした。彼らのほとんどは親の知り合いです。たいていの大人は、知り合いのこどもを誉めるものです。元気、しっかりしてる、おりこうそう、と誉め言葉はさまざまありますが、もっとも汎用(はんよう)性が高いのは、なんといっても「可愛い」です。挨拶代わりのお愛想と言ってよいでしょう。そう言っておけばまちがいありません。

どんなこどもにも可愛らしいところはあるはずです。すがたかたちだけでなく、毎日いっしょに生活している親にしか分からない長所や、そのこどもだけが持っている味とでもいうべきものがきっとあるはず。可愛いという言葉には、いろいろな意味がふくまれるのです。

わたしが、わたしにかけられる可愛いという言葉の意味に気づいたのは、五つか六つのころでした。

そこに意味などなかったのでした。わたしにかけられる可愛いという言葉は、わたしによって、こころを動かされた大人たちの熱い吐息のようなものだったのです。胸のうちでたかぶり、うねったなにかをあらわそうとして、彼らは「可愛い」という言葉にいきあたったのでした。

魅力、という曖昧な、でも、たしかに存在する、抜群に吸引力の高い、天賦の才がわたしにあると気づいたのは、それより少しあとでした。

七つだったか、八つだったか、九つだったか、記憶は定かではありませんが、十のときには、ちょっと表情をつくると、周りのひとのこころを動かせると知っていました。

彼らの熱い吐息のなかには、「この子のためならなんでもしてあげたい」という思いが、というより願いが、ひそんでいました。

黒目をちょっと動かしたり、唇のはしをこころもち上げるだけで、わたしは、欲しいものを手に入れられるようになりました。

欲しいものといっても、漫画やおもちゃやお菓子のたぐいです。決して高価なものではありません。そりゃ、親には値の張るプレゼントをおねだりしましたし、叱られそうになったら回避したりしたことはありました。それだって、いつもいつもではありません。プレゼントのリクエストはお誕生日とクリスマスだけでしたし、「だらだらしてないで早く宿題しちゃいなさい」と怖い声を出されても、観たいテレビがあったときにだけ、「……だって」とちょっと表情をつくり、「もう、しょうがないんだから」と親から甘い声と言葉を引き出しました。

その程度なら大方の女の子がらくらくやってのけるんじゃない？　あなたの「魅力」ってそんなたいそうな代物じゃなくない？　思い込んでるだけじゃない？　イタくない？

そんな声がどこからか聞こえてきますが、心外です。

わたしは自制しているのです。

魅力、という曖昧な、でも、たしかに存在する、抜群に吸引力の高い、天賦の才を日常生活で活かすには、これくらいに留めておいたほうがよいのです。

十四になった現在、わたしの魅力は大人だけでなく、同年代にも通用するようになりました。ことに男子にたいしての効果が高く、わたしはまなざしひとつで彼らの頬を赤らめさせることができます。もしも持てる魅力をすべて解放したら、わたしはたいへんな人気者になってしまうことでしょう。アイドルになっても、女優になっても、キャバ嬢になっても、大きな成功をおさめてしまいます。

でも、それがはたして幸せでしょうか？　有名になり、お金持ちになったらなったで、インターネットで叩かれたりなどして気苦労が絶えないと思います。多くのひとびとを魅了し、成功すればするほど、アンチが増えます。いくらわたしでも、世の中のひと全部を魅了できるはずがありません。

わたしは、この魅力を活用し、よい会社に入り、そこでそこそこ出世したのち、一生困らない収入がありながら、船乗りみたいに家に帰ってくるのは年に一カ月くらいで、だからその間しかごはんのしたくをしなくてすむ、すっきりとした顔立ちの男のひとと結婚して、ぼけずに長生きできれば、それでいいのです。

なぜなら、わたしはわたし自身を客観的に把握しているからです。わたしは、魅力はありますが、美少女というわけではありません。目鼻立ちは平凡です。整っていないわけではないのですが、平凡の範疇です。なので、ほんとうのことを言うと、魅力一本で天下を獲るのは、ちょっとむつかしいのです。

わたしは、いま、自分の部屋にいて、机に向かっています。

午前一時を回りました。もう少し勉強してから寝ようと思います。

明日から中間テストなのでした。しかも一日目から英語と数学というわたしの二大苦手教科が登場。テストだけは魅力でどうにもなりません。というのは建前で、実は、テストでさえも魅力で切り抜けられる道があるのです。

英語の先生はオバちゃんなのでどうしようもないのですが、数学の先生は、前島といって、あぶらぎった頭皮がギラギラしている独身の熟年の男のひとです。わたしが魅力を解放すれば、気味が悪いほど喜んで、テストの点数を調節するでしょう。けれども、そんなきたならしいことのために、わたしは魅力を使いたくありません。前島なんか魅了したくもありません。

☞P．204

【ひまわり】

〈キク科〉別名＝にちりんそう

花言葉　光輝、私はあなただけを見つめる　Shine brightly

草丈は1～2ｍ。花は花径7～30㎝。

いつも太陽のほうを向く花とされ、情熱的な花言葉がつきましたが、実際のところ向日性はそれほどでなく、いつも太陽に向かうとはかぎりません。

2　おやつ

わたしの毎日は充実している。苦しいほど、満たされている。CO-KYと出会ってからというもの、彼ひとりを思っている。わたしはいつも彼のことだけ考えていたい。起きているときも眠っているときも、どんなときでも絶え間なく、そしてできれば永遠に、わたしの脳内にCO-KYへの思いがあふれますように。

＊

高校に入ってバイトを始めた。近所のコンビニだ。覚えることがたくさんあって、でもそんなにすぐには覚えられなくてヘマをして、先輩や、ときにはお客さんから注意された。そんなわたしをさりげなくフォローしてくれたのがリンコ姐（ねえ）さんだった。

姐さんはオーナーからも頼りにされているベテランバイトで、口数が少なく、とっつきづらいのが第一の特徴だった。長いストレートの黒髪と、眉毛がないのが第二の特徴で、第三の特徴は、たぶん三十近いのにつねにスッピンということで、「いつもすみません、ありがとうございます」とお礼を言うと、「……いや、べつに」とはにかむ口もとにけっこう深めのえくぼができるのが第四の特徴だった。

「そういえば、V系とか興味ある？」

ある日の休憩時間に、姐さんが突然訊いてきた。わたしは首を振った。見当もつかなかった。「系」のつくジャンルは多岐にわたる。

「知らないんだ」

姐さんはうっすらと笑い、「いわゆるヴィジュアル系アーティストですよ」とブラック無糖のコーヒーを飲んだ。それから少しV系の説明をして――わたしにはちんぷんかんぷんだった――、姐さんが切り出した。

「最近、あたしが騒ごうかなって思ってるバンドのライブがあるんだけど、いっしょに行かない？」

「行ってみたいです」

気がつくと、わたしは即答していた。反射的なものだった。V系に興味があったのでも、ライブに行きたくなったのでもなかった。姐さんが気の毒になったのだ。アラサーになってもバイトのままで、バイトなのに仕事ができるものだから職場で一目置かれ、その状態に満足しているっぽい姐さん。バイト先の新人しかライブに誘える

「友だち」がいない姐さん。

普段お世話になっている恩返しのようなきもちもあったが、それら事前に考えた理由がちがっていたと思い知らされたのは、ライブ当日だった。わたしが姐さんの誘いに即答したのは、ＣＯ‐ＫＹに出会うためだったのである。

＊

ＣＯ‐ＫＹは灰色の髪をしていた。青い目がよく似合っていた。肌は真っ白で、背はそんなに高くなかったけれど、腕も足も細くて長くてしなやかだった。その細くて長くてしなやかな腕と足を全部使ってドラムを演奏するのだった。わたしのこころを摑んだのは、彼の足のひらき具合だった。小柄で華奢なからだつきなのに、うんと足をひらき、ペダルを扱うさまはひどく男らしく、そして色っぽかった。

ＣＯ‐ＫＹの所属するmetaphorは四人組バンドだった。ドラムのＣＯ‐ＫＹのほかに、ボーカル、ギター、ベースがいた。一年ちょっと前に活動を始めたらしい。わたしが観たのは、彼らが初めて主催したライブだった。

「もう少し早くできたはずなんだけど、まあ、満を持したってことなんだろうね」

今後一気に加速しますよ、と姐さんが言っている。ライブに参戦して以来、わたしと姐さんの話題の中心はmetaphorだった。姐さんはmetaphorの音楽性の高さや、V系の現状、バンギャのたしなみなどについて、熱心に語った。わたしは聞き役に徹した。「駆け出しバンギャとしては勉強しなければならないことがたくさんある」というふうにうなずき、「音源」だの「コロダイ」だの、いくつかの用語を覚えた。

けれども、わたしにバンギャとして成長する気はまったくなかった。metaphorの音楽性の高さにもそんなに興味を持てなかったし、V系全般にくわしくなるつもりもなかった。

むしろ不要と考えていた。

わたしはCO‐KYに恋をしたのであって、metaphorの音楽性に恋をしたのでも、V系に恋をしたのでもないのだ。好きになったひとがたまたまV系バンドに所属していただけなのだ。

もちろん、好きなひとが大事に思っていること（CO‐KYの場合はバンドや仲間や音楽）は、わたしにとっても大事である。理解し、知識をたくわえたほうがよいだろう。

だが、わたしの望みはCO‐KYの恋人になることだった。繰り返しになるが、わたしはひとりの男の子としてCO‐KYを好きになってしまったのだ。付き合いたいと思うのは自然の流れではないか。

たしかにCO‐KYは一般の男の子よりは有名だし、モテる。でもその有名ランク、モテランクは、「校内でいちばんモテる男子よりやや上」程度だと思う。わたしが彼と付き合いたいと望むのは、それほど非現実的なものではない。妄想とは言い切れないのである。

ただし「校内でいちばんモテる男子よりやや上」ランクとはいえ、CO‐KYはアーティスト。そしてやっぱり有名人。少なくともCO‐KY自身は、自分をそう認識しているはずだ。

だとすると、彼はバンギャを恋人に選ばない、というのがわたしの想像だった。彼が付き合いたいと思うのは、リンコ姐さんやライブ会場で見かけた、RPGのキャラみたいな恰好をし、目の周りを殴られたように真っ黒にした、彼をよく知っているバンギャではなく、むしろ彼のことなどなにも知らない、「えっ、音楽やってらっしゃるんですか?」「metaphor……って?」とキョトンとするような女の子なのではないか。だいたい、そういうものなのではないか。

＊

けれども、わたしがＣＯ‐ＫＹと個人的に知り合う機会はなかなか訪れなかった。わたしは彼のblogやTwitterを読み込んだり、ライブで顔なじみになった友だちから情報を入手しようとしたりしたのだが、ＣＯ‐ＫＹの住所やバイト先は特定できなかった。

思いがつのって、毎晩ネットで検索したり、ＣＯ‐ＫＹの好きな音楽を漁ったりしているうちに、Ｖ系全般にそこそこくわしくなってしまった。ＣＯ‐ＫＹと個人的に知り合ったさいには、なんにも知らない女の子を演じたいきもちに変わりはなく、だから、ライブに通っているあいだに彼に顔バレしてはならないので、バンギャメイクを極めることになった。

そうこうしているうちに、metaphorのメジャーデビューが決まった。ワンマンライブも成功した。Ｖ系雑誌の表紙にも出た。オフィシャルサイトが一新され、ものすごく恰好よくなった。

わたしの脳内では、依然、ＣＯ‐ＫＹへの思いがあふれつづけていた。絶頂期を過ぎ、人気が凋落（ちょうらく）、バンドを解散し、音楽への情熱が薄れ、バーとかそういう飲み屋さんで働くか、ちいさなライブハウスの管理人さんになるか、楽器屋さんで働くか、こどもたちにドラムを教えるかしている、老いて貧相になってしまったCO‐KYを夢想し、そのときこそ、恋人になるチャンス、と思った。最後にして最大のチャンスだ。問題は、そのときまでわたしが待てるかどうかだった。でも、待ってみせる。そのときまで待てるのはわたししかいないのだから。

＊

ある日、同級生の男子に告白された。CO‐KYとは似ても似つかぬフツメンである。彼が言った。「なにかに夢中になっているような」わたしの「キラキラした目」がとてもきれいだと。「その目を近くでいつまでも見ていたい」と。

その言葉を聞き、わたしは涙ぐんだ。こんなに近くに、わたしを分かってくれるひとがいた。なぜいままで気づかなかったのだろうという後悔に甘く酔った。CO‐KYへの思いは、絶え間なくあふれているが、それはそれとして、わたしは同級生男子と付き合うことにした。彼のわたしへのきもちを無下にはできない。だれかに思い焦がれる苦しさは、わたしがいちばんよく知っている。彼の苦しみを救えるのはわたしだけだ。彼によろこびをあたえられるのもわたしだけ。

その男子をどんどん好きになり、恋人同士として愉しく付き合い、たとえ処女をささげることになっても、ＣＯ - ＫＹへのきもちは絶対に変わらない。変わるはずがない。

☞Ｐ．２１０

【ほうせんか】鳳仙花

〈ツリフネソウ科〉別名＝つまべに
花言葉　私にふれないで　Touch me not
1年草で草丈は30～60㎝。
花後の実はふれると、果皮がはじけて種子をはじき飛ばします。花言葉「私にふれないで」は、このためについたもの。

3　もてあそびもの売り

女王が即位されて、今年で七十年になります。

氷に閉ざされていた我が国に、ふたたび四季がめぐってくるようになり七十年というわけです。

それでも北に位置する国ですから、一年のおよそ半分は冬ですし、山のいただきに積もった雪は夏でも溶けません。冠雪ばかりか、女王のお力で、ひとつの山は年中冬にしておいて、ゲレンデを整備し、ホテルを建設し、一大ウインターリゾートに成長させました。

いまや世界中から観光客が押し寄せます。ウインターリゾートで快適にあそべるだけでなく、我が国には観光の目玉がほかにもいくつかあるのです。

彼の頭の上だけいつも雪がふり、だから夏でも溶けない、ひょうきんな雪だるまが街をうろついていて、声をかければ気軽にいっしょに写真を撮ってくれます。山の深くには王冠をのせた大きな雪男がいると言われていますし、深い森にはトロールたちがいて、恋の悩みに答えてくれると言われています。

なにより観光客の胸をときめかせたのが、若かりしころの女王と妹王女との物語でした。

感情がたかぶると魔法の力を放ってしまう女王は、いったんは世捨て人になり、れりごれりごと歌いながら山にこもってしまわれたのですが、妹王女の体当たりの愛に打たれ、知らずにご自身が身のうちに隠していた愛というものに気づかれ、目覚められ、魔法の力をコントロールなさることが可能となったのです。

明るく快活な妹王女は一般人の氷配達人とご結婚され、ふたりの王女にめぐまれました。ふたりの王女は成人され、それぞれご結婚され、それぞれやはりふたりの王女の母になりました。

家族が増え、女王はたいそうおよろこびになった、と聞いています。二十年ほど前、妹王女とそのご伴侶が相次いでお亡くなりになられたおりは一時的に情緒不安定におちいられ、またれりごれりごと歌いながら山中にこもられてしまいましたが、割合すぐにお戻りになられました。

その後は週に一度、姪と姪孫の王女たちとともにバルコニーにお出ましになり、国民や観光客を熱狂させていらっしゃいましたが、じょじょにお出ましの回数が少なくなり、ここ数年、わたしたちは女王のおすがたを拝せずにいます。九十三とご高齢になられた女王のご健康を、わたしたち国民は、こころから案じている次第です。

わたしは城の近くで土産物店をいとなんでいる家の娘です。

十かそのくらいの歳から、親に言いつけられ、店番をしていました。お店屋さんごっこの延長のような気分でしたが、学校を出て、跡取りとして店に出るようになってからは、せっかく繁盛しているこの店をわたしの代でつぶしてはならないという責任感がめばえました。

わたしの父は妹王女と結婚した元氷配達人の身内です。王家の一員となった彼のはからいで、ロイヤルファミリーを始め、ひょうきんな雪だるまや、大きな雪男、トロールたちのグッズを製作し、販売する権利を得ました。

ゆえに店の主力商品は女王や妹王女や元氷配達人などのフィギュアやぬいぐるみです。彼女たちの似顔絵をあしらった運動器具や身の回り品、装飾品、お菓子、ゲーム、トレーディングカードも扱っています。

これらの商品はどの土産物店でも売っていますが、本家はうちの店。数ある土産物店のなかでもトップの売り上げを誇っています。よその土産物店で販売された商品でも、それがロイヤルファミリーにかかわるものであるならば、売り上げの一部がうちの店に入る仕組みになっていますので、商売としては安泰です。いくらどんなにわたしがぼんくらな跡取りだとしても、店がつぶれることなどまずありません。でも油断は禁物。わたしはまだ客あしらいがうまくありません。観光客の口にする戯言にたいし、親のように上手に返すことができず、「ちっ」と舌打ちされるケースがままあるのでした。

集客数が下がれば売り上げも下がります。それでもうちの店の総売り上げは国の土産物店トップの座に座りつづけるでしょうが、わたしとしては少しくやしい。なんとかスムーズに観光客との会話をつなげ、ひとつでも多く商品を売りたいのです。

分けても夜。そう、今夜のように、若い娘であるわたしがひとりで店番をしているときに、酔った男の観光客が数人で来店する場合が、わたしは、もっとも苦手なのでした。

十時の閉店まであともう少し。どうやら今夜は無事に終われそうだとほっとしたそのとき、お酒くさい息を吐きながら、赤い顔をした男の観光客が三人、店に入ってきました。

「ふーん、ここが総元締かー」

「置いてるものはほかとあんま変わんないな」

「こどもだましのおもちゃばっか」

「にしてはボッてんじゃね？」

「ボリすぎじゃね？」

「女王たちのおかげで喰ってるっていうのによう」

　彼らは店に置いてある商品をひとつひとつ手に取って、文句をつけ始めました。わたしは「まあまあ、お客さん、そう言わずに。こっちだって商売なんですから」というふうににこにこと笑っていました。

「いやまあ、このお嬢さんに文句たれてもしゃーないし」

「観光地値段ってこんなもんだし」

「そーゆーこと」

　と三人はわたしをちらちらと見ながら、口もとをゆるめました。「恐縮です」というふうにわたしがかすかにうなずいたら、ひとりが太い舌をちょっと出し、それで唇を舐めました。

「ところで、お嬢さん、ここではアレは売ってないの？」

　わたしは微笑したまま、首をかしげました。

「アレだよ、アレ」

もうひとりが、「知ってるくせに」というふうに繰り返します。

「ちょ、おまえら、アレは正規品じゃねえから」

最後のひとりが噴き出したのがきっかけとなり、三人は大笑いをしました。

「いやいやいやいや、カマトトぶってるけど！」

首をかしげたままのわたしをひとりが指差します。

「知らないとは言わせないぜ」

もうひとりがチッ、チッ、チッとひと差し指を横に振りました。

「『さわらないで人形』だよ、お嬢さん」

最後のひとりがわざとらしく声をひそめました。

「女王が絶頂に達したそのときに、相手を凍らせた上に吹き飛ばしちゃったって、それがトラウマとなり独身をつらぬくことになったというエピソードにちなんだお人形」

「からだのあちこちを押すと、きらきらした霧を噴き出しながら『さわらないで！』と叫ぶ等身大のアレ」

「それでも攻めつづけると、最終的に、相手じゃなくてなぜか自分がバクハツするという、一回しか使えないお人形のことですよ、お嬢さん」

わたしの顔から笑みが消えました。

「そういうのは、うちの店では……」

とようやく言ったあと、

「女王をけがすようなものを、この店に置くわけにはいきません。女王のかなしみをなぐさみものにするのはとても下品な行為です」

とうつむいてつづけました。下卑た顔つきで面白可笑しく「さわらないで人形」のことを言われると、わたしはどうしても「こんなひとたちにうちの商品を買ってもらわなくてもいい、かえって迷惑」と思ってしまうのです。

「いやいやいや、それ、ザックリ言うと、あんたの店で売ってるもの全部に言えることじゃね？」

「あんただって、女王のかなしみとやらをネタにして商売してるんじゃね？」

「この国全体で、そのネタで喰ってんじゃね？」

このように言われ、わたしは唇を嚙みしめました。頭をよぎったのは、女王のお力でひとつだけ冬にしておいた山の雪が溶けてきているという噂でした。そう遠くないうちに、山の雪はすべて溶けてしまうでしょう。年中ウインタースポーツを愉しめた我が国自慢のリゾートは、ほかの国と同じく冬季間しか営業できなくなるでしょう。

観光客の数が減り、わたしを始め国民はいまより貧しくなるはずです。

「わたしたちのかなしみだって、すごく深いんですけど」

そう言って、わたしは足を肩幅にひらき、腕を組みました。れりごれりごと歌いながら、どこかの山にこもりにいきたくなりました。

☞P.219

【けまんそう】華鬘草

〈ケシ科〉別名＝たいつりそう、ようらくぼたん

花言葉　従順　Obedience

宿根草で高さは30～50㎝ほど。

「従順」という花言葉は、茎に行儀よく一列に並んだ花姿からついたようです。

全草にプロトピンなどのアルカロイドを含んでおり、誤食すると死にいたることもある毒草です。

4　ごきげんよう

職を得ました。ある私立女子高の教員です。

それまでは公立の普通高校に勤めていました。偏差値の低い高校だったせいか、教室はつねに騒然としていました。生徒たちに勉強する意志などまったくなく、教員の言葉に耳をかたむける者も皆無でした。授業中といわず休憩時間といわず、深夜のファミレスにたむろする若者のような態度でおしゃべりをしては大声で笑い出しました。

注意をしても聞きっこないのは分かっていましたし、へたに刺激して暴力をふるわれてもいやなので、わたしは黙って耐えました。うずくまるようにして一日をやりすごし、家に帰る毎日でした。それがつらくて、退職しました。

わたしは四十一歳で、独身でしたから、定年まで辛抱しようと思っていました。でも、いくら異動願いを出しても、叶えられませんでした。わたしだけでなく、同僚もそうでした。この学校からはなかなか出してもらえないようでした。わたしは十一年在籍しましたが、その間、異動していった同僚はひとりもいませんでした。

親戚の集まりで、実は失業中でして、と頭を掻いて、愚痴をこぼしたら、同情した伯父がある私立高校の理事長を紹介してくれました。ちょうど教員の欠員が出たとのことで、わたしはそこに就職できたのでした。

勤務することになった私立女子高は、なにもかも中程度の学校でした。歴史、偏差値、どちらも自慢できるほどではありませんが、恥ずかしい思いをするほどでもありません。スポーツがさかんなわけでもなかったし、かといって文科系の部活動に特色があるわけでもありません。良家の子女があつまっているのでもなく、学費も私立としては平均的な金額です。

けれども学校側には、お嬢さま学校だとの認識があるようでした。あるいはそういうふうな校風にしたくてならないといったほうがいいかもしれません。

身なりや生活態度にかかわる校則は、それはきびしいものでした。化粧、ヘアダイ、パーマ、ピアス、制服の改造は全部禁止で、上衣の丈もスカート丈も決められていました。ソックスも靴もかばんも学校指定のものがありました。家業の手伝い以外のバイトは禁じられていて、外出するさいには制服を着用することが義務づけられていて、生徒同士でどこかにあそびに行くときには、事前に人数と場所と目的を届出書に記入し、親のいんかんをもらい、担任に提出しなければなりませんでした。そうして授業の始めと終わりに教員が「ごきげんよう」と挨拶したら、生徒も「ごきげんよう」と挨拶すること、と決められていました。

それらを事前に聞いたとき、わたしは胸のうちで薄く笑いました。

（そんな校則など、現場ではどうせ有名無実化してるだろう。いまどきの女子高生がおとなしく従うわけがないじゃない）

四月から出勤し、わたしは二年一組の担任に任命されました。

生徒数は三十四人でした。どの子も黒い髪をおかっぱにするか、耳の下で結わえていました。ブレザーとスカートの制服を着くずしている子はいず、化粧をしている子はおろか、眉を細くしている子もいませんでした。皆、同じように見えました。扁平足（へんぺいそく）の足の裏のように、のっぺりとした表情で、静かに、とても静かに席についていました。

「ごきげんよう」

第一声を発したら、ほんのちょっと間を置いて、

「ごきげんよう」

と揃った声が返ってきました。声にも表情が見えませんでした。

「きょうから皆さんの担任になる中川です」

自己紹介をしてみても、全体のながめに変化はありません。うなずいたり、首をかしげたり、はたまた指をいじったりなど、とにかく「動く」子がひとりもいないのです。ただ真顔でこちらに視線をあてているだけでした。

出席をとったら、ひとりずつ「はい」と手を挙げました。その手の挙げ方——顔の横に手のひらを持ってくるような——も、「はい」の抑揚も声も、皆、同じでした。新学期が始まるにあたっての説明をしたらHR(ホームルーム)終了のチャイムが鳴りました。

「ごきげんよう」

挨拶すると、さっきと同じ、ほんのちょっとの間を置いて、

「ごきげんよう」

と揃った声が返ってきました。彼女たちは、いっせいに立ち上がり、いっせいに頭を下げ、いっせいに腰を下ろしたのでした。口を半分ひらくわたしに、まっすぐ視線をあてています。すこぶる素直なまなざしでした。よく訓練された犬の目ともちがう、人形に嵌(は)められたガラスの目玉ともちがう、けれどもひとつの意志も感じられない、おとなしい目をしていました。

チャイムが鳴り終わっても、わたしは黒板の前に立っていました。それでも生徒た

ちはいぶかしい顔ひとつせず、わたしを見ています。

「ごきげんよう」

言ってみたら、無言でした。生徒たちは黙ってわたしを見ていましたが、とまどったようすは感じられませんでした。わたしは少し寒気がして、ブラウス越しに二の腕を擦りました。

☞P.228

【はなきりん】

〈トウダイグサ科〉

花言葉　早くキスして　Kiss me quick

多肉植物で、木質の茎は鋭いとげがあります。

花は突き出した唇に似た形なので、アメリカではキスミークイック（早くキスして）と呼ぶそうで、花言葉もこの愛称からつけられました。

5　夕方

歩幅を大きくし、汗でくっついた太腿を離そうとした。つぱっ、と音がして、ちょっと照れた。たまに胸の谷間を汗がひとしずく垂れることがあるのだが、あのときみたいに、なんだか、ちょっと、恥ずかしくなった。

高校からの帰り道だった。バスを降りて、少し歩き、信号を右に曲がって家までの一本道にさしかかったところだ。七月の木曜で、きょうも暑かった。沈み始めた太陽が大きく強くかがやいて、あたり一面をじりじりと炙(あぶ)っている。

下校チャイムが鳴るまで、コバッチとあそんでいた。授業が終わったら、ダッダッダッと階段を降りて生徒玄関前の休憩室に直行し、自販機で買ったジュースを飲みながら、下駄箱を注視した。わたしたちの好きなひとが下校するすがたを一目見るためである。

わたしたちの好きなひとは、わたしたちと同じ二年生だが、クラスがちがう。わたしとコバッチは一年生のときから同じクラスだが、わたしたちの好きなひとは一年生のときからちがうクラスだった。だから、わたしたちの好きなひとはふたりとも、わたしたちのことを知らない。

　わたしたちだって、わたしたちの好きなひとのことについて知っているのは、名前と出席番号と仲のよい友だちくらいだ。好きになってもうすぐ一年になるのだが、LINEのIDも知らない。LINEのIDを交換するなんて夢のまた夢だとコバッチが言う。コバッチがさらに言う。

「『バイバイ』って言えるようになるのが先決だよ。そこからすべてが始まるんだと思う」

　これはつまり、わたしたちがわたしたちの好きなひとと顔見知りになることを意味している。わたしたちは毎日授業が終わったら休憩室に直行し、ジュースを飲みながら下駄箱を注視し、わたしたちの好きなひとが上靴をしまい、外靴を出し、それに履き替え、学校をあとにする後ろすがたを見つめているだけなのだった。

「『バイバイ』を言い合えるようになったら、廊下ですれちがったときにも『あ、どうも』とか言えるよね。そしたら向こうは『よ』とか『お』とか返すだろうし」

「そそそ。挨拶をするのが普通になって、いい感じにあったまってきたら『最近どう?』みたいな、いわゆる会話っていうんですか、次の段階に進めると思うんだ」

「挨拶時代から会話時代へ」

「会話時代中期にはＬＩＮＥでやりとりできるようになってるはず」

はあ、とわたしとコバッチは同時にため息をついた。夜、好きなひとから不意にＬＩＮＥがくるシーンにわたしたちはあこがれていた。「ごめん、寝てた？」「ううん、まだ」とか、「きょうちょっと元気なかったんじゃない？」「え、そんなことないよ」というそれぞれの期待するやりとりを発表し、「ひゃー」と目をぎゅっとつむってから、たがいの肩をバンバン叩き合った。

「……あたしね」

ひとしきり騒いだあと、わたしが言った。

「実は、その日にそなえて可愛いスタンプを集めてんだ」

「あたしも！」

「まじか！」

えーどんなの？　見せて見せてとまた盛り上がり、下駄箱を注視するのを怠ってしまった。そのことに気づき、わたしたちはさりげなく土足で玄関に出て、駐輪場に目をやった。わたしたちの好きなひとはどちらも自転車通学者なのである。

「……ない」

「こっちも」

まあ、こんな日もあるよ、とわたしたちはわりとあっさりあきらめて、教室に戻った。教室にはだれもいなかった。わたしたちは申し合わせたように、窓際の机に座った。いつものように、窓から下校するひとたちをながめた。三々五々というふうに生徒玄関を出て校門までの並木道を歩く白い夏の制服を着た高校生たち。ひとりのひともいるし、集団でいるひともいるし、カップルもいる。

「あのひとたちにしてみれば」

カップルを顎でしゃくり、コバッチが言った。

「『バイバイ』問題で立ち止まってるあたしらみたいな人種は信じられないだろうね」

「ああいうひとたちにとって、好きなひととＬＩＮＥを交換するなんて赤子の手をひねるようなものなんだよ、きっと」

「……さんなんてさ」

コバッチが同級生女子の名前を出した。うちのクラスでいちばん目立つ女子だった。いつも髪型が決まっていて、スタイルがよくて、傘をさしたりたたんだりなどのちょっとした所作に大人っぽさが香り、途切れなく彼氏がいる。

「夏休みに旅行とか行くみたいだよ。一泊だけど」

「高校生同士なのに？　泊めてくれるホテルとかあるのかな？」

「あるんじゃないの？　分かんないけど、蛇の道は蛇っていうし」

ふうん、とわたしは思い切り唇をつぼめてから、口をひらいた。

「前から思ってたんだけどさ」

「うん」

「……さんて言うほど可愛い？」

「あーそこね」

「髪型補正入ってない？」

……さんは前髪を厚くおろしていて、横の髪も顔にかかるようカットしていた。

「死んでもおでこは出しませんって感じだよね」

「だからなんだって話なんだけど」

「うん、だからなんだって話だよね」

わたしたちは少しのあいだ沈黙した。

わたしの頭のなかには、彼氏におおいかぶされた、はだかの……さんのすがたが浮かんでいた。……さんは切なそうなあえぎ声を発しつつ、それでも前髪を気にしていた。

「こないださ」

コバッチが低い声を出した。

「近所の家の男子がさ——あ、あたしらと同じ歳なんだけど——、庭にシート敷いて、寝転がっていたんだよね」

「ほう」

「日焼けしようとしていたみたいでさ」

「ふむふむ」

「マッパだったんですよね」

「え」

「それを、たまたま二階の自分の部屋にいたあたしが目撃してしまい」

「で？」

「や、それだけなんだけど」

「……見たの？」

「見た」

「見たんだ？」

「見えたから。グロかった」

あ、でも、とコバッチは急いで付け加えた。

「グロいのは一部で、あとはすごくきれいだった。小麦色でなめらかでしなやかで、なんかすごくきれいだったんだ」

ふうん、とわたしは控えめに唇をとがらせて、息を吐くようにして相槌を打った。

教室をあとにして、コバッチと別れ、バスに乗っているあいだずっと、コバッチの目撃した光景のことを考えていた。くわしく想像しようとしたのだが、できなかった。どうしても一部がぼやけた。

それでも、からだの内側がざわついた。いやなざわつきではなかったが、快いと言うには抵抗があった。旺盛に茂った夏草が揺れ、熱気や匂いが立ち上がるその真んなかにいるようだった。つぱっ、と音を立てて離れた汗で濡れた太腿の感触が、わたしのきもちを代弁していた。だれかにやさしくふれてほしいような気がした。好きなひとの顔がぼんやりと浮かび上がり、あわてて打ち消した。

☞P．234

趣味は園芸

【スズメノカタビラ】

田起こし前の田んぼに多い小さな草で、穂はしばしば紫がかります。
〈科名〉イネ科　〈生活のようす〉一～越年草　〈大きさ〉5～30㎝　〈花の時期〉2～11月　〈分布もしくは原産地〉日本全国　〈見られる場所〉道ばた、田んぼ、湿地

ミニコラム「スズメノカタビラは草刈りに強い」
ふつう、植物は、光を求めて上へ上へとのびるので、新しい葉や茎をのばす部分である「成長点」は、植物のからだの上のほうにあります。いっぽう、イネ科植物の中で、スズメノカタビラなどのようにいつもはあまり茎をのばさない植物は、成長点が地面に近い部分にあります。そのため、地上部分を短く刈られても、成長点さえ残っていれば、また新しい葉や茎を出すことができます。このような植物はシバでつくる芝生のようにひんぱんに草刈りをされる状況でも生き残ることができます。

――『講談社の動く図鑑MOVE　植物』監修　天野誠　斎木健一、講談社

その年の夏、わたしは三十歳になった。これという感想はなかった。こころの準備はできていた。去年の末に書いた年賀状には「いよいよ三十路に突入です」と一言添えていたし、年が明けるやいなや「わたしはすでに三十歳」と思うようにしていた。そのほうが気がらくだった。二十九という歳には二十代に必死でしがみついているイメージがあり、面白くなかった。そもそも二十代は全体的に面白くなかった。いいことがなかった。あるにはあったが、すぐに忘れた。そんな具合の小粒のやつばかりで、放つ光はよわよわしかった。十代のころが輝いていたかというと決してそうではなく、いや、物心がついた時分までさかのぼってみても、総じてぱっとしなかったのだが、二十代の暗さは尋常じゃなかった。

短大を卒業したあとは自宅にこもった。就職はしなかった。試験は受けた。筆記は通った。だけども面接で辞退した。居並ぶ熟年男性面接官に、わたしは、だいたいこのような主旨の発言をした。

「わたしは今まで進路で迷ったことがありません。高校も短大も自分の実力で入れるところが決まっていたので、無理せず、そこに入りました。就職もそうしようと思っていました。入れてくれるところに入ろうとしていました。そんなある日、雑誌を読んでいたら、『accessory? いいえ、necessary』という広告のコピーが目に入り、迷いが生じたのです。自分にとって必要なものってなんだろう、と、こころが立ち止まってしまいました。こころが立ち止まることも、迷うことも、初めての経験でした。わたしはこの経験を大切にしたい。わたしは自分が働きたいのか、そうでないのか、それすらよく分からなくなりました。このような状態で、御社で働くのは失礼だと思います」

「ふーん」

熟年男性面接官は軽くうなずき、「……じゃ、辞退ってことでいいんですね」と念を押した。わたしが「申し訳ありません」と頭を下げたら、「はいはい、お疲れさま」と言い、それで終了となった。

家に帰り、これこれこういう理由で辞退してきた、と親に報告した。父は「なんだァそれ」と気の抜けた声を出し、母は「でもまあ自分の意見をハッキリ言えてよかったね」と一定の理解をしめそうとした。ふたりともがっかりしていたようだったが、表情はわりあい明るかった。父はにやにやしていたし、母の顔もゆるんでいた。

おそらく彼らはわたしが就職することを本気で信じていなかったのだろう。わたしが就職試験を受けると言ったときも、「がんばって」と励ましの言葉は発したものの、お腹の底から出たものではないようだった。

親はむかしからわたしを「社会では通用しない子」と思い込んでいるふしがあった。ひらたく言うと「多くのひとがなんなくできることができない子」である。

なるほどわたしは時計の読み方をマスターするのも、靴の左右を間違えずに履けるようになるのも遅かった。運動も苦手だし、歩いているだけでなんだかちょっとふらつくし、手先も不器用で折れる折紙はひとつもないし、夏は「暑い」と早退し、冬は冬で「寒い」と遅刻するわがままなこどもだった。ひどい方向音痴の上に循環バスの番号をなぜかなかなか記憶できず、高校に入学した当初は通学に苦労した。このようなちいさなダメがほかにもあった。積みかさなって大きなダメになるのは理解できる。

だが、それは過去のわたしだ。だいぶ、ましになった。それでも親のこころのなかでは、いつまでたっても頼りないこどものままなのだ。

いくつになっても親はわたしにどのくらい手を貸せばいいのか分からないようだった。たいていは手を貸しすぎた。つまり甘やかした。弟にたいする態度とはちがっていた。弟は大概のことは自力でできる子と考えていたし、実際、弟はそういうタイプだった。わたしが親に小遣いをねだって漫画やお菓子を買い、部屋で寝転がって食べながら読む子だったら、弟はさっさとバイト先を決めてきて、その稼ぎでバイクや備品を揃え、峠（とうげ）を攻める勇姿をバイク雑誌に投稿する子だった。

学校の勉強はわたしのほうができたが、親の「しっかりしている判定」はつねに弟に軍配が上がった。加えて弟は愛想がよく、年長者とも年少者とも友好的に話ができた。世間で通用するのは弟のほうだとの認識が我が家にあったのだった。

もちろん、わたしのなかにもあった。わたしは、わたし以外の家族の持つ、「お姉ちゃんはちゃんとした大人になれないかもしれない」という一見危惧っぽいがけっこう確固とした予感にも気づいていた。その予感もまた、なんとなくわたしのなかにあった。

だから、あっさり就職を蹴ることができたのだと思う。ぱらぱらめくっていた雑誌のページに『accessory?　いいえ、necessary』という広告のコピーが載っていたのは事実だし、それが目に入り、ハッとしたのも事実だが、そこで「迷いが生じた」というのは、ちょっと嘘だった。反射的に「使える」と判断した。そのときの心境にほんの少し色を足した、わたしの考える「もっともらしい」理由が、瞬時にできあがったのだった。

　筆記試験を通り、急に不安になった。このまま流れに乗ったら就職してしまうのではないか？　社会人になってしまうのではないか？　そんな恐れが急速にふくらんだ。小中高短大と学校ではとりあえずは「ふつう」でいられた。学校での評価の柱は成績だからだ。会社内ではおそらく劣等生の扱いを受けるはずだ。「仕事ができる」とはどういうことなのか謎だったが、このわたしが仕事ができるわけがない、という絶対の自信があった。人間関係というものにも圧倒的に自信がなかった。

　短大の長期休みに一カ月ほどデパートでバイトをしたのだが、正社員のかたとじょうずに話ができなかった。同じ売場の学生バイトがどんどん正社員のかたと親しくなっていくのを悔しく見ていた。わたしはお客さまが手に取った衣服をきれいに畳み直せなかったし、くわしくメモを取ったのに、クレジットカードの伝票の扱いもなかなか覚えられなかった。それでいながら、同じ売場の学生バイトみたいに正社員のかたと親しく会話ができるようになりたくて、いもしない恋人をでっちあげ「彼氏が口うるさいんですよね」と架空の相談を持ちかけたりなどして、とても疲れた。

　それに学校なら六年とか三年とか通う年数が決まっている。けれども会社にはそれがない。最長で定年まで毎日毎日同じ時間に同じところに通わなければならない。それは、ちょっと、どうなんだろう、というのが率直な感想だった。デパートでのバイトは一カ月間だから我慢できた。あれが永遠に――ではないけれど、感覚的にはそのようなものだ――つづくとしたら、たまらない。疲れがどんどんたまっていって、身動きできなくなるにちがいない。

たとえ毎月お給料をもらったとしても、わたしは、日々の疲れが永遠につづくのはいやだった。お金は、なるべく疲れずに手にしたいものである。しかし、それは怠け者の発想だ。わたしは自分を怠け者と認めたくなかった。それに、ある程度疲れなければ、勤め帰りにごはんを食べる約束をした友だちに「はーきょうも疲れた」とアンニュイな感じでつぶやけない。わたしの考えるベストの勤務形態は、一カ月働いて、一カ月休む、というものだった。

わたしは、わたしのこころのなかでも、いつまでたっても頼りないこどものままだったようだ。一言でいうと、社会に出るのが怖かったのである。

それから、しばらく、家のなかにいた。

親はわたしが働かずにいることを容認していたが、お小遣いはくれなかった。やれ就職した友だちから飲み会に誘われただの、美容室に行きたいだの言って、たびたび親に無心した。親はだんだんいい顔をしなくなった。「まだ働く気にならないのか」とか「あんたのこころはいつまで立ち止まっているのさ」と言うようになり、「お姉ちゃんが就職したら生活がらくになると思っていたのに」というたぐいの辛気(しんき)くさい発言が目立つようになった。弟はまだ高校生だったが顔を合わせると「働かざる者喰うべからず」と得意気に言い放った。その弟の言葉を聞いた母が「そんなこと言わないの。お姉ちゃんだって悩んでるんだから」とたしなめてみせるので、腹が立った。

わたしはとくに悩んでいなかった。家にいても、友だちと会っていても、美容室の椅子に座っているときでも、居心地の悪さがあり、それが気にかかる程度だった。今、死んだら「無職のひと」としてこの世を去ることになるんだな、というのも気になった。せめて「家事手伝いのひと」になろうと、お茶碗洗いを手伝ったりしていた。

やがて親に小遣いを無心するのが、さすがにはばかられるようになった。わたしはからだを動かさなくても食欲が落ちないのでいつでもごはんを美味しく食べられるし、いくらでも眠れるたちだったので、時間をつぶす苦労はそれほどなかったのだが、お茶碗洗い以外なにもしない日がつづくうち、退屈を感じるようになった。

そこで短期のバイトをした。商店街のガラポン係だった。三週間くらい働いて、わたしにしてはまとまったお金を手にした。それを全投入し、一週間のひとり旅に出た。

安芸（あき）の宮島などを観光し、お土産のもみじ饅頭を手に帰宅したときは、ほぼおけらだった。収入があったのに家にお金を入れなかったので、親の反感を買った。もみじ饅頭くらいでは懐柔できなかった。

「太平楽」だの「能天気」だのと親からそしりを受け、「あーなんかすみません」と頭を下げたりするといった、ほんの少しの面倒ごとを差し引いても、初めてのひとり旅はたいそう愉しかった。ふと思い立って出かけただけだったのだが、きっぷや宿泊先の予約や手配もひとりでできたし、ひとりでホテルにチェックインできたし、観光名所にもひとりで辿り着けたし、なにかこう、とっても有意義だった。やればできる、と思った。今まではやらなかっただけなのだ、と自信がついた。加えて、知らない土地の知らない風景を見たり、耳慣れない土地の言葉を聞いたりするのは、新しくて、めずらしくて、うれしい体験で、きもちがせいせいした。

わたしはまた旅に出たくなった。いつか日本全国を回りたいものだ、と思うようになった。高一のときに使っていた地図帳を茶箱から取り出し、東北から攻めるか、沖縄、九州から攻めるか検討したりした。行こうと思えばどこにでも行けるのだと思うと、胸が高鳴った。わたしという生き物が、はしゃぎだしたようだった。枠を外し、マットレスだけにした寝床の上で、ごろんごろんと寝返りを打ちつつ鼻歌を歌い、地図帳に載った県をひとつひとつ見ていって、日本をコンプリートするのにさして時間はかからない、と踏んだ。そうなったら、いよいよ世界だ。地図帳のページを繰り、まずヨーロッパだな、と思った。大きな大陸だし、国がたくさんある。ここを押さえたら、その後の展開がらくになるはずだ。世界一周だけを目的にして、駆け足でめぐれば、費用も日数も節約できるが、それではあんまり味気ない。出費はかさむが、お金がたまるたびに、一カ国だけを訪問しようと決めた。世界制覇までには相当の日数がかかってしまうが、やむをえない。

いずれにしても先立つものが必要だった。そこでバイトをすることにした。わたしの希望は、せいぜい一カ月以内の短期のバイトだった。長期のバイトだと、辞めたくなったときの上司とのやりとりが厄介だし気重だし、わたしの考える最高の勤務形態は、相変わらず一カ月働いて、一カ月休む、だったのだ。短期バイトを一カ月やったら、まず一週間くらいからだを休め、その後一週間ほどかけて二、三県回り、帰宅後二週間は旅の疲れを癒し、思い出にひたる――。そんな算段をしていた。

一カ月程度のバイトの募集はなかなかなかった。あるのは、三日とか一週間のほんとうに短期のバイトだった。そういうのをいくつかやって、お金を貯めようと思った。アンケート調査、靴店の開店準備、スーパーの棚卸(たなおろ)しヘルプなどなどいろいろやった。

期間が短いことがあって、どのバイト先でも話し相手ができなかった。お昼休みはひとりで過ごさなければならなかった。商店街のガラポン係は期間が三週間だったし、チームが決まっていたので、うわべだけではあるものの、同僚と打ち解けることができた。

ひとりで過ごすお昼休みは長い。それまで生きてきて最大の手持ち無沙汰感におそわれた。そこでわたしは古本屋で一冊十円から五十円で売られている本を買い、それを読むことにした。雑誌でもよかったが単価が高い上にすぐに読み終えてしまう。家から新聞を持ってくるアイデアも捨てがたかったが、お昼ごはんを食べたあと新聞を広げるのは若い女らしくないと思えた。

一冊十円から五十円くらいの本は、大別すると、いわゆる名作といわれる文庫か、ひとむかし前の大ベストセラーの単行本だった。わたしが選んだのは名作小説のほうだった。字がたくさん入っていて、長く読めるし、読書すがたが知的である。それに、わたしにはタイトルだけは知っているけれど、内容を知らない小説がどっさりあった。これを機会にひとつずつタイトルと内容を合致させていけば建設的だ。

意外だったのは、一冊十円で読んだいわゆる名作のよさがまったく分からない点だった。だれしもが認める名作なのだから、分からないわたしのほうがおかしいと思った。そもそもむつかしい漢字が多いわ、初見の言葉がたくさん出てくるわで、読み通すことすら難儀した。だが、途中で放り投げたくなかった。負けじだましいに火がついたのだ。わたしの負けじだましいは、勝っても負けてもいい場面でなぜかよく燃える。

こうやって読みつづけていれば、いつか、感動する小説にあたるはず。その日がくるまで読むのをやめるわけにはいかない、というこころもちになっていた。一冊読み終えると、読み通せたという自信がつき、その自信を貯めたいというきもちもあったと思う。

鷗外の『雁』で、ぬるまった吐息を漏らすような感動を味わった。鷗外を全部読みたくなり、行きつけの古本屋であるだけの文庫をもとめた。短期バイトが終わってからも、自室で読み続けた。バイトをしていないときのわたしは無職のひとなので、本を買うよりほかの贅沢はできなかった。でも、なかよし飴という三角形でヒモ付きで粉砂糖をパラパラとまぶしたいちご味の飴が好きで好きで、一日三個までと決め、毎日なめた。

鷗外の次は漱石に取りかかった。何人かの文豪を制覇したら、ほぼ文無し（もん）になり、べつの短期バイトに応募した。そこで得た給料でまた何人もの文豪の小説を買い込み、自室で読んだ。この時点で、日本全国を回りたいと思っていたことは、頭から抜け落ちていた。日本の文豪と呼ばれるひとの小説を全部読みたくなっていたのだった。

そんな生活が四年続いた。わたしは二十代半ばにさしかかっていた。日本の文豪探訪はあらかた終わっており、世界に目を向け始めたところだった。同時に、洋の東西を問わず、現代小説にも手を出すようになっていた。新刊は高いので、図書館を利用した。図書館で借りた本はかならず返すきまりである。読み返したくなったら、もう一度借りなければならない。それが億劫だった。借りた本はわたしの本棚に並べられないのも少しく不満だった。本棚に並んだ背表紙をながめ、あれはこうだったとか、これのあそこがよかったなあ、と思う時間がわたしは好きだったし、なにより、本棚がじょじょに本で埋まっていくさまをながめることが単純に愉快だった。

たとえ新刊でも、読んだ本は本棚に並べたい。自分のものにしたい。いつしかそれがわたしの働く原動力になっていた。三日や一週間の短期バイトでは収入がかぎられるので、長期バイトに応募するようになった。英会話教材のデモンストレーションや水質検査助手や設計事務所のアシスタントなどをした。どれも長続きしなかった。

どの職場でもあたえられた仕事は、最初はどんなにへたでも毎日おこなっているうちに、ひとなみ程度にはできるようになる。わたしに割り振られた仕事は、さほどむつかしくなかった。いやだったのは、俗に言う「しがらみ」というやつだった。勤め先とわたし、同僚とわたし、上司とわたし、その三つの関係が、時間とともにどろりどろりと濃くなっていく。底なし沼みたいになっていく。「しがらみ」が底なし沼になる前にわたしはバイト先を逃げ出した。辞める理由は嘘八百だった。家族や身内の病気（「祖母が倒れ、母と交代で看病することになりました」など）もしくは自分自身の病気（「検査の結果、胃に穴が開きそうだと言われました」など）を退職理由とした。

短期バイトを繰り返しているうちに、ひとつの職場で長く働くことができなくなっていたようだった。「しがらみ」問題も大きかったが、「飽きる」という問題もそこそこ大きかったように思う。どうやら、新しい仕事が面白いのは、仕事やひとに慣れるまでらしい。そこから先は毎日同じことの繰り返しで、つまり、「しがらみ」や「飽き」との戦いなのだった。それらとの戦いで、わたしの負けじだましいは燃え上がらなかった。二、三カ月も働いたら辞めたくなった。辞めたいタームに入ると、出勤前にお腹が痛くなった。勤め先を休む理由として「お腹が痛い」ではパンチがないので、「風邪をひいて熱が出た」とか「熱はないが咳がひどい」とか「熱も咳もないが全身が怠い」と嘘をついた。退職理由を考えている（捏造している）ときも、胃が痛んだ。

それに疲れた。からだが湿って、重たくなっていくようだった。

もとよりわたしはちょいちょい嘘をつく質である。ほとんどは話を面白くするために多少盛る程度のたあいのない嘘だ。相手をだまくらかす気はまったくない。けれども、勤め先を休みたいがためにつく嘘や、辞めたいがためにつく嘘は、それとはちがうと思えた。騙そうとして騙している。勤め先にたいして嘘をつくと、きもちが沈んだ。でも休めると決まったら、嬉しさがこみあげた。「さあ、きょうはなにをしようかな!」とコンビニまでひとっ走りしてジュースとお菓子を買い、古本屋で本を買って自室にこもった。わたしの部屋には祖母の形見だったちいさなテレビがあった。本に飽きたら、テレビを観た。テレビにも飽きたらうたた寝をして、また本を読む、というループ。パラダイスとはこのことだ、とこころのなかで何度も思った。

退職理由を考えているときも、きもちが沈んだ。わたしはまた嘘をつこうとしている、と自責の念に駆られながらも、いかにもほんとうらしくて、退職やむなしと勤め先に思わせる嘘を考えるのは、ちょっと愉しかった。

きもちが沈むわたしも、嬉しさがこみあげるわたしも、ちょっと愉しくなるわたしも、どれも、わたしは好きではなかった。だが、これがわたしだ、と思った。わたしは、こずるい者なのだった。そのこずるさをウジウジ気に病む者でもあった。こずるいだけならまだしも、それをウジウジ気に病むというのがどうにもいやだった。わたしはわたしを変えたくなった。まずウジウジ気に病む部分を除去しよう。そのためにはこずるさを矯正しなければならない。そうむつかしいことではないと思えた。正直な人間になればいいだけだからだ。そうむつかしくはないのだが、「正直者になろう」を目標に据えるのは時期尚早な気がしたし、ハードルの高さも感じたので、「嘘をつかないようにしよう」と表現を変えた。もっと具体的にしたほうがよかろうと、「なるべく仮病で休まないようにする。絶対嘘をついてしまうので、なるべく辞めないようにする」とさらに変更した。

この目標を胸にその後三年を過ごした。二、三カ月で辞めていたバイトが、半年は保つようになった。一年保ったところもあった。成果はあったが、正直者にはなれなかった、ということだ。結局、嘘をついた。いっそこのまま「こずるいわたし」でいこうかとの開き直りの考えは幾度も頭をよぎったが、いつも立ち消えた。その三年間で、こずるいわたしよりも、そのこずるさをウジウジ気に病むわたしのほうが巨大化していたのだった。口数が少なくなり、本も読みたくなくなり、テレビも観たくなくなり、たばこを喫うようになり、拒食過食を繰り返すようになり、眠れなくなり、始終めそめそ泣くようになり、外に出たくなくなり、鬱で入院した。一カ月程度だったので、そう重くはなかった。けれども家族には心配をかけた。それまでは「フラフラしている」だの「なぜ辛抱できない」だの「ちゃらんぽらん」だの言っていたのが、「ゆっくりすればいい」と発言を変えたことから、察せられた。

こずるさを直したかっただけなのに、この始末。わたしは、自分のなかの「ウジウジ気に病むわたし」の底力にとまどった。こいつをなだめていかないと、また家族に心配をかける事態になる。ただでさえ働いたり働かなかったり、部屋にこもって飴をなめながら本を読んだりで、短大卒業以来、一貫してやきもきさせていたのだ。これ以上、家族にせつない思いをさせてはいけない、というのは、わたしのきもちに多少色をつけたもので、本音を言えば、単純に不快だった。わたしは二度と入院したくなかった。

退院して少し経ってから、事務のパートに応募した。二十七だった。今度こそ、長く勤められそう、との予感があった。わたしは、すでにわたしのなかの「こずるいわたし」を認める方針を立てていた。仮病も、退職するさいにつく嘘も、ある程度は仕方ない、と思うようになっていた。嘘をついてはいけない、としゃっちょこばると、嘘をついたときのダメージが倍加し、「ウジウジ気に病むわたし」が力を取り戻し、また入院してしまうかもしれない。とにかく無理をしないことだ。それに越したことはない。

事務のパートに採用された。週休二日制だったのだが、わたしはだいたい週に三日は休んでいた。会社に行きたくない日が休日のほかに一日あるのだった。無理はしない、と決めていたので、そんなにこころを痛めずに休むことができた。週に一度休んでいたのが、十日に一度になり、月に一度か二度になった。それでもほかの社員（パートをふくめて）にくらべたら、ダントツで欠勤が多かった。

「まだ休みが多いようだね」

上司が言った。その会社では年に一度、上司と面談する決まりがあった。応接室で向き合って、上司は部下を誉めたり、問題点を指摘したりし、部下は異動したい希望部署などを申し出るのだった。

「はあ」

わたしは下を向いて、うなずいた。

「まあ、会社なんて行きたくないよな」

おれもそうだよ、と上司はからからと笑い、

「毎日、行きたくないなあと思ってる」

とつづけた。

「Hさんもですか？」

わたしは上司の顔を見上げた。とても驚いた。「会社に行きたくない」と明言する、ちゃんとした会社員のひとに初めて会った。

「そうだよ」

上司は当たり前だというふうに軽く応じた。

「でも毎日、来てるじゃないですか」

と言うと、

「そりゃ来るさ」

と厚い肩を揺すり、「いいかい？」と身を乗り出した。

「まず、朝、起きなさい。起きたら、支度をしなさい。できればごはんも食べなさい。支度をしたら、出かけなさい。最寄りの駅まで行きなさい。電車が来たら、乗りなさい。そしたら、会社に着くから。気がついたら、着いてるから。会社に着いたら、みんなに『おはよう』と言いなさい。あなたが『おはよう』と言えば、みんなもあなたに『おはよう』と言うから」

「はい」

とわたしは答えた。それならできそうだ。なにより、会社に行きたくないのがわたしだけではないというのが、こころづよかった。でも、行きたくないからといって、しょっちゅう会社を休むのは、わたしだけなんだな、と知った。不甲斐ない、と思った。そう思う機会はこれまで何度もあったはずなのだが、わたしは、このとき、生まれて初めて不甲斐ない、と思った。負けじだましいにちいさな火がついた。

驚くなかれ、わたしは毎日会社に行けるようになった。パートから社員（その会社は社員のランクがいくつかあって、わたしが昇格したのは最低ランクだったけれど、でも社員は社員）になった。少しだけだけれど、給料が増えた。

休まずに会社に行けること、社員になれたこと、どちらも大きな自信になった。分けても前者だ。行きたくない日でも最寄り駅に着きさえすれば、出勤できた。ホームで倒れた日もあったけれど、それはたった一回だった。風邪で高熱が出て、何日も休んだこともあった。からだはつらかったが、気分は悪くなかった。だって、ほんとうに熱が三十九度もあったのだから。

その会社は札幌の中心部にあった。

五時半に仕事が退けたら、わたしは毎日、ファッションビルか本屋に寄り、八時の閉店までショップを覗くか、立ち読みをした。洋服を買ったり新刊本を買ったりするのは給料日なので、その入念な下見なのだった。給料日には、買い物をすませたあと、ファストフード店に寄った。買ったものが洋服ならば、手持ちの服とのコーディネイトやばっちり決まった自分のすがた（賞賛の声込み）を考えたり思い浮かべたりしてにやけ、本ならばひたすら読んだ。

休日の一日目は寝たり起きたりして過ごし、二日目に部屋の掃除と洗濯をした。友だちや同僚に誘われて、あそびに出かけたり、温泉に行ったりもしたが、わたしはそんなに付き合いのいいほうではなかった。二日ある休日のうち、最低一日は「なにもしない日」にしておかないと、体力が保たないのだった。そうして残る一日は掃除と洗濯という作業量が妥当だった。でないと、会社に行く元気が減ってしまう。このころ、ようやく気づいたのだが、わたしは、どうも、ひとに会うと疲れがたまるタイプらしい。会っているときはどんなに愉しくても、帰宅したらぐったりしている。寝床に入ると、「あんなこと言わなければよかった」と自分の口にした不用意な発言を思い出し、反省し、眠れなくなり、さらにぐったりしてしまう。「なにもしない日」を確保し、ひとりでいる時間を増やさないと、なかなか回復できないのだった。

休まずに会社に行けることが、ゆっくりと、わたしにおいても「ふつう」になっていった。給料日をハレの日とした一カ月のサイクルが決まり、それを繰り返していたら、いつのまにか一年経っていた、という具合で、あっという間に三年経ち、気がつけば三十回目の誕生日を迎えていた。

いっちょまえに閉塞感におそわれるようになる、と愚痴をこぼしながらも、内心は得意だった。毎日毎日、同じことの繰り返しでいやになる、成長したと思うと、感慨深かった。閉塞感におそわれるまでのぼりつめたというか、成長したと思うと、感慨深かった。このわたしが、「飽き」を超えたその先にある「マンネリ」の境地に辿り着けるひとになれるなんて。ちょっとこれって、すごくない？　とこころのなかで、だれかに問いかけた。実際に口にはしなかった。家族、友だち、同僚、どのひとに話しても「そんな当たり前のこと……」と言われるに決まっている。

それはそれとして、閉塞感特有の息苦しさはいかんともしがたかった。いろいろあったはずなのに、改めて振り返ってみたら、二十代はなにもなかったような気がしてきた。ふいに結婚した友だちの数をかぞえてみて、なかよし六人組で残っているのはわたしともうひとりだと気づいた。まさか三十になるまで独身でいるとは思わなかった、との感想が胸をよぎった。三十歳が近づくにつれ、「もしかしたら、二十代で結婚できないかも」と案じてみたりする夜が増えていったが、「まだ三十になっていない」「まだ分からない」と打ち消していた。三十歳の誕生日の前日まで、「まだ分からない」とまんざら冗談ではなく思った。なぜなら、明日、なにが起こるかなんてだれにも分からないからだ。明日、すてきなひとと遭遇し、恋に落ち、とんとん拍子に話が進む、そんな可能性だってある。なかったけど。

わたしは、にわかに結婚というものをしてみたくなった。休まず会社に行けるようになったのだから、わたしの目指す次の「ふつう」は結婚であろう。友だち、知り合いを見渡しても、会社勤めを経て結婚したひとばかりだ。ちょっと出遅れはしたが、今のわたしなら、そのコースに乗れる。乗る資格がある。だが、相手がいなかった。出会いがないのだった。出会わなければ始まらない。

仕事が退けて、いつものように本屋で立ち読みをした。ふだんは文芸書と文庫の棚にへばりつくだけなのだが、その日はなぜか店内全体を周回したくなった。実用書や趣味の雑誌のコーナーを見て回り、占い本に目が留まった。留まった瞬間、ひらめいた。わたしは、もしかしたら運が悪いのかもしれない、と。だからぱっとしないのではないか、と。翻訳すると、だから出会いがないのではないか、と。

姓名判断の本を棚から抜いて、調べてみた。案の定だった。労多くして実り少なしの運勢だそうである、わたしは。「労」がひとより多いかどうかの判断はつきかねるが、「実り」はたしかに少ないと思った。わたしの手にした「実り」は、休まずに会社に行けるようになったことと、あとでウジウジ気に病む嘘をつく機会が減ったことと、自室の本棚を埋め尽くす本くらいだった。主観的にはどれも満足のいくものだが、客観的にみるとそうでもないだろう。

うーん、と口のなかでうなって、占い本のコーナーをながめていたら、風水の本が視界に入った。手に取ってめくってみたら、運がよくなる具体的な方法が豊富な写真とイラスト付きで載っていた。しかも、上げたい運別だ。家庭運、健康運、金運、仕事運、恋愛運……。

わたしは考えた。ほんの少し前まで、結婚相手と巡り会いたいと思っていたのだが、風水の本をながめ、実践したらその運が上向く方法があると知り、急に分からなくなったのだった。わたしはどの運をよくしたいのだろう。それは、わたしがこれからどうなりたいと思っているのか、と等しかった。

とくにこれというヴィジョンは浮かばなかった。うっすらと頭に浮かんだのは、今の会社に定年まで勤めて、その後は親の持ち家である自宅で暮らす老女の図だった。んーまーそれもいいかな？　とやはりうっすらと思い、だとしたら健康運と金運を太くしないとならんな、と自然と二択にまで絞り込めた。

金運に決定するまで時間はかからなかった。お金があれば、大概、なんとかなる。今の会社が倒産しても、親が亡くなっても、わたしが病気になっても、お金があれば、乗り越えられる。そればかりか、かつてわたしが経験した「パラダイスとはこのことだ」という毎日を送れるようになるかもしれない。

わたしの立ち読みした風水の本には、金運を上げるには「西に黄色のものを置くとよい」と書いてあった。それが花ならなおけっこう、と追記してあったと思うのだが、定かではない。そのとき、わたしは金運を上げようと決めた興奮にまみれており――すでに大金持ちになった気分だった――、落ち着いて文章を読める状態ではなかったのだ。

本屋を出て、ファッションビルに向かい、そこに入っている雑貨店で白い一輪ざしを買った。デパートに行き、一階にある花屋で黄色いバラを一輪買って、家に帰った。

十月だった。札幌近郊に住んでいたので、朝晩は自室でも暖房をつけていた。そのせいかどうか知らないが、バラは長く保たなかった。ほんの数日で花びらがピンとしなくなった。がっくりと頭を垂れ、花びらを落とすようすは無惨で、だから、そうなる前に新しいのと取り替えた。

週に二度、一本ずつバラを買った。そのうち、一本だけではさみしいと感じるようになった。同時に、もっとたくさんの花をかざったほうが、早く金運が上がるのではないか、と思い立った。会社帰りにファッションビル内の雑貨店に寄り、やや大きめの花瓶をふたつ買った。ひとつだけのつもりだったが、二カ所でかざると、倍、早く運がよくなる気がしたからだった。

デパートの一階にある花屋は単価が高いと知っていた。通勤途中に、あと二軒の花屋があることも知るようになっていた。二軒の花屋はそれぞれべつの住宅街にあった。最寄り駅もべつべつで、二軒の花屋に寄るには、二度途中下車する必要があった。たいていは、どちらか一軒だけ、寄った。そこでサービス品の花束をもとめた。できあいのサービス品なので、黄色い花が入っていないこともあった。その点、仏花なら、かならず黄色い菊が入っていた。だが、仏壇もない部屋に仏花をかざるのはへんだろう。最初は目についた黄色い花を足して買っていたのだが、出費がばかにならないと気づいた。金運を上げるために出費がかさみ貧しくなるというジレンマにおちいったのだった。

発想の転換をこころみ、わたしは鉢植えの花を買うことにした。ひとつ買えば、長く咲いている。ちょうどプリムラが出回り出していた。プリムラの和名は西洋桜草で、いくつか種類がある。わたしが買ったのはプリムラポリアンサという、大振りのものだった。たくさんついていた花は黄色というよりは山吹色（やまぶきいろ）で、小判の色に近かった。つぼみもたくさん持っていたので、部屋に置いた瞬間に金運の高まりを感じた。

次々と花が咲いた。花がらをつむと、新たなつぼみを発見した。やわらかなみどり色の葉も増え、幅広になり、葉脈がくっきりと浮き出、生きている、と実感させられた。水はコップでやっていた。毎日水やりする必要はなかった。土が乾いたら鉢底からあふれるほど水をやってください、と鉢植えについていた説明書にあった。でも、わたしは毎日水やりをしたかった。水だけじゃなく、毎日、なにかしら世話をしたかった。花をかまうことが面白くなってきていた。でも、水をやるか、花がらをつむか、黄色くなった葉っぱをちぎるかしかすることがなかった。どの作業も短時間で終わるし、たった一個の鉢植えゆえ、毎日おこなわなくてもよい。

鉢植えを増やすことにした。西に置く黄色いものは、やはり多いほうがいい。会社帰りに途中下車し、一軒目の花屋に寄った。山吹色のプリムラポリアンサを買った店だ。その日、その店に山吹色のプリムラポリアンサはなかった。黄色は黄色でも薄いのだった。むしろレモン色に近い。でも、黄色は黄色と一鉢買った。ついでに同じ色味のプリムラジュリアンも購入した。こちらは小振りのものである（以降、ポリアンサをプリムラ大、ジュリアンをプリムラ小と呼ぶことにする）。

自室の西側の窓の下、縦に据えたカラーボックス三個の上を花置き場としていた。帰宅して、さっそく、プリムラ大、プリムラ小、プリムラ大と、カラーボックス一個につき、一鉢ずつならべてみた。ちょっと離れてながめてみたら、「まだ置ける」と思った。「花を並べるスペースが余っているではないか」と。わたしは俄然スペースを埋めたくなった。

カラーボックスひとつにふたつの鉢植えが載るのだった。ひとつあたり一個でもバランスはとれる。けれどもわたしは、カラーボックスひとつあたり二個置いて、もっとこう「みっちり感」を出したかった。所有しているのは、プリムラ大の山吹色と黄色、そしてプリムラ小の黄色だから、それぞれ同じものをもう一セット集めればよい。

あくる日も花屋に寄った。三軒、寄った。まず一軒目。デパート一階の高級花屋だ。わたしの望む三種類は揃っていたが、やはり値段が少々高い。途中下車した二軒目の花屋では、黄色のプリムラ大がなかった。一軒目に戻り、黄色のプリムラ大を購入し、再度来ようかと思ったが、よその店で買った花を手にされていたら、お店のひとはいいきもちがしないだろう。きょうはここで山吹色のプリムラ大と黄色のプリムラ小を買い、明日、一軒目で黄色のプリムラ大を買えばいいのではないか。

けれどもわたしは「こうしたい」と思ったらこらえることができないタイプだった。なんとしても、その日のうちに決めてしまいたかった。逡巡した結果、三軒目に賭ることにした。三軒目で一セット揃えられなかったら、そのとき、考えればよい。明日に持ち越しになるかもしれないけれど、仕方ない。最悪なのは、三軒目に、山吹色のプリムラ大、黄色のプリムラ大、黄色のプリムラ小のどれもなかった場合だった。そうなったら、明日、明後日と二日かけて揃えなければならなくなる。それでもわたしは三軒目に賭けよう、勝負に出ようと決めたのだった。そして——。

三軒目にはすべて揃っていた。賭けに勝ったわたしは、「家の子にする」みっつのプリムラを選びにかかった。鉢植えは種類ごとに四角い黒いプラスチックケースにおさめられている。そのそばにしゃがみ、いきのよさそうなのをじっくり選って、わきに置いていった。そのときわたしの頭に「二列、いけるかも」との言葉が駆け抜けた。みっつのカラーボックスに一列（六鉢）並べるつもりだったが、前後二列にすればもっと「みっちり感」が出る。毎日、世話もできる。そのためにはプリムラセットがあとふたつ必要だった。だが、三軒目にはそれだけの数がなかった。その代わり、白、ピンクの濃淡、紫となかなか豊富なカラーバリエーションが揃っていた。

「……ほかの色でもいいのでは？」

と思ったときには、わたしの頭から「西に黄色」がこぼれ落ちていた。色を増やすと「みっちり感」のみならず「花園感」も出る。しかもナチュラルな「花園感」だ。

同系色の花々でも「花園感」は出るかもしれないが、統一されすぎていて面白みに欠けるのではないかと思えた。缶を揺すって次から次へと転がり落ちる色とりどりのドロップスみたいな花園がひとつ、自室にあったら、どんなにいいだろう。

わきに置いた黄色系プリムラをもとに戻した。直感を頼りに選ぼうと決めたのだった。色つやのいいもの、ずば抜けて大きなもの、反対にちいさなもの、どこがどうというのではないのだが、なぜかこころが惹かれるもの、かなり時間をかけて九鉢選んだ。

計十二鉢の花園が、自室の西側にできあがった。わたしは園芸の本を幾冊も買い込んでいた。液肥も買ったし、粒剤タイプの殺虫剤も花屋で買った。花屋では、室内用のくだが細くて長いじょうろも買った。毎日、なにかしらやることがあった。なにもなくても、園芸の本を読み、覚えることが山ほどあった。有名種苗店から取り寄せたカタログを熟読すると、欲しい花が増えていった。わたしは花の種類を増やしたくなった。たとえ増やしても、プリムラへの愛情は変わらないと断言できた。世話に精を出すうちに、情がわいてきたのだった。水をやり、花がらなどをつむだけで、ちいさな花が「コンチハ」「コンチハ」と言うふうに次々とあかるく咲く。一言でいうと、かわいい。とても。ほかの花には、ほかの花なりのかわいさがあると思うと、もう、この世の花をすべて集めたいくらいのきもちになる。

ところが、花を置くスペースはもうなかった。なに、なかったら作ればいいだけのこと。休日を待って、父に運転手を頼み、スチール棚を買いにホームセンターに行った。わたしはホームセンターというところを初めて知ったような気がした。花は花屋にしか置いていず、花関連の備品も花屋でもとめるものだとばかり思っていたが、ちがっていた。ホームセンターにも売っていたのだった。しかも、どれも花屋で買うより安かった。

花(観葉植物もふくめて)の質は花屋に置いてあるもののほうがよいように見えた。だから、肥料などの備品はホームセンターで購入し、花は花屋か種苗店のカタログで買ったほうがいいのかもしれない。けれどもわたしは、園芸愛好者としては新米も新米。その上裕福ではない。安くて丈夫な花で、一通りの経験を積むことが大事なのではないかと考えた。このとき、わたしは植え替えすらしたことがなかった。

休日ごとにホームセンターに通った。土や鉢や棚など重いものを買うときには父を誘った。冬の終わりには、六畳の自室の四分の一が植物のスペースになっていた。花の棚と観葉植物の棚がふたつあるのだった。まんべんなく日があたるよう、しょっちゅう場所を入れ替えた。週に一度は棚ごと入れ替えた、棚はコロ付きなのである。毎日やることがどっさりあった。水やりだけで一仕事だった。わたしの部屋は二階だったので、一階の台所と何度も往復しなければならなかった。観葉植物は葉水（はみず）もやりたいので、風呂場に持ち込み、シャワーを浴びせた。

あたたかくなったら、順次植え替えをしたり、挿し木、挿し芽、根伏せ、葉挿しなどで増やしたりしようと思っていた。思うだけでワクワクした。自室だけではスペースが足りなくなるのは明白なので、社内預金をおろしてちいさな温室を買うことを検討し始めた。買うのはいいのだが、維持費がばかにならないので、どうしたものかと思案していた。

そうこうするうちに雪がとけた。薄いコート一枚で出歩けるようになった。さあ、いよいよ本番、と新米園芸愛好家は意気込んだ。休日は園芸ざんまい、と決め、掃除、洗濯は平日の夜にすますようにした。ふしぎなことに、「なにもしない一日」と「軽作業が妥当の一日」だった二日間の休日をまるごと園芸活動についやしても、わたしはそんなに疲れなかった。疲れはあったが、会社に行く元気は減らなかった。

「このところ調子がいいみたいだね」

ある休日の午後、母が言った。わたしたちはリビングでいっぷくしていた。

「まあね」

短く答え、ベランダから外を見た。母が精魂込めて作っている家庭菜園が広がっていた。母が家庭菜園をつくっているのは、我が家の土地ではなかった。空き地然としているが、所有者はいるらしい。草ぼうぼうの一区画を母は勝手に開墾し、畑にしていたのだった。畑仕事などしたことのないひとだったが、家庭菜園をつくるご近所さんが多かったので、影響されたようだった。技法というのか農法というのか、そういう情報を伝授され、現在では雪がとけたらすぐに鶏糞なんキロ、石灰なんキロと買い込み土を作り、植えた苗にお米のビニール袋を用いて作成したアンドンをかぶせるようになっていた。

「やっぱり植物にふれると元気になるんだねえ」

母は独白したあと、

「まだ余ってるけど、やってみない？」

とベランダの外を指差した。よそさまの土地の一部をわたしにどうだ、と言っているのだ。

「開墾かい？」

わたしは雪の重みでつぶれた茶色い雑草が生い茂る地面を見つめた。

「スキもクワもカマもあるよ」

母が答えた。

「うーん」

うなりながらも、わたしの顔はだらしなくにやけた。雑草を抜き、小石を除き、土をたがやし、一から自分の花壇をつくることができるチャンスがやってきたのだ。赤の他人の土地の無断利用というのが気になるが、「大丈夫、当分家は建てないみたいだから」という母の言を信じることにした。わたしの頭のなかに、青と白と紫の花で構成された花壇が浮かび上がった。真ん中には背の高いデルフィニウムだ。いちばん外側は青と白の忘れな草で、と思い描いていったら、こうしてはいられない、というきもちになった。

長靴を履き、外に出た。まずカマで草を刈った。その後クワで根こそぎ掘り起こす寸法である。母がわたしに使用をゆるした土地は横約五メートル、長さ約十メートルだった。

「こんなビッチョ（少し）かい」

指示されたときはちいささにムッとしたが、雑草抜きにとりかかったら、充分の大きさだったと思い直した。開墾作業は想像していたよりずっとずっと骨が折れたのである。

カマやクワの使い方に慣れていなかったこともあり、初日はほとんど成果を上げられなかった。ここでわたしの負けじだましいに火がついた。一日も早く開墾し、マイ花壇をつくってみせようぞ、と奮い立った。

休みごとの開墾ではハカがいかないとすぐに悟り、一週間の有休をとった。「家庭の事情がありまして」とかなんとか深刻げな表情で言葉をにごしつつ緊急性と重大性をアピールし、夏期休暇の前倒しを勝ち取ったのだった。久しぶりについた嘘だった。だが、わたしの頭は開墾のことでいっぱいで、ウジウジ気に病む余地がなかった。

開墾は二、三日で終わった。非力なわたしにしては早かった。朝から晩まで作業した甲斐があった。疲労困憊（こんぱい）したし、二日目には茶色い尿まで出てびっくりしたが、でも、無事、やりとげた。石灰をまいたり、買ってきたよい土を入れたりした。もちろん、自室内の植物の世話もしていた。植え替えもしたし、増やす準備も始めた。

ところが、だ。あんなにきれいさっぱり抜いたはずの雑草が、ときを置いて、顔を出してくるのだった。抜いても抜いても、はえてくるのだった。「きれいさっぱり」「抜いた」と思っているのはわたしだけで、ほんのわずかでも残っていたら、復元するのかもしれない。だとしたら手強いやつだ。なんてしぶといのだろう。

わすれなぐさやアゲラタムやデルフィニウムなんかの苗を植え、わたしの花壇づくりが本格的に始動しても、雑草ははえてきた。朝、出社前に抜き、夕方帰宅して抜いても、復元したものなのか、よそから飛んできたものなのか、わたしの見落としがあったのか、理由は分からないが、ちゃあんと根を張り、はえてくる憎たらしさといったらない。

雑草のようなひとになりたい、という向きがいるが、日々雑草と格闘するわたしには、とてもそうとは思えなかった。雑草のようなひとだけにはなりたくない、と思った。雑草のようなしぶとさは、むしろひとに嫌われる。あんなに何度も立ち上がらなくていい。嫌われても嫌われても根を張る必要がどこにあるのだ。抜かれたら、抜かれたなり、おとなしく引っ込んでいればいいではないか、とひとしきり憤慨したところで我にかえった。これは強者の理屈じゃないか。わたしはいつ強者の理屈を言えるようになったんだよ、と笑いたくなった。

それはそれでたぶんいいのだ。それがあの雑草の生き方というか質というか性分というか、そういうのなのだ。それぞれの生き方というか質というか性分があるのだ。早く成長するのもあれば、ゆっくりなのもあるのだ、と、だいたいそのようなことを母に言ったら、

「あんたもちょっとは大人になったんだね」

としたり顔で返されて、しゃくにさわった。

☞P.244

引用文献

「世界を旅する緑の定期便」リーフレット 文 西畠清順 フェリシモ
『新牧野日本植物圖鑑』 牧野富太郎 著 北隆館
『異常にふえるホテイアオイのなぞ』 長谷寛 著 大日本図書
『熱帯花木と観葉植物図鑑』 日本インドア・グリーン協会編 誠文堂新光社
『園芸植物図譜』 浅山英一 著 二口善雄・太田洋愛 画 平凡社
『新コンサイス仏和辞典』 三省堂
『園芸植物大事典2』 青葉高ほか 編 小学館
『小さな緑の世界 テラリウムをつくろう』（P90 書影）
ミシェル・インシアラーノ ケイティ・マスロウ 著 ロバート・ライト 写真 中俣真知子 訳 草思社
『ドキュメント 女子割礼』 内海夏子 著 集英社新書
『花言葉【花図鑑】』 夏梅陸夫 写真 山本多津 文 マーカークラブ 編 大泉書店
『講談社の動く図鑑 MOVE（ムーブ） 植物（しょくぶつ）』 天野誠 斎木健一 監修 講談社

解説

瀧井朝世

以前インタビューで聞いたところによると、朝倉かすみは実際に家で観葉植物を育てており、夜寝る前には植物カタログをよく読んでいるそうだ。「そうすると、これはお話になるな、と思うものがいくつかある」と。本作はそんなきっかけで生まれた朝倉版・植物誌。「読楽」二〇一五年三〜十月号に掲載され、二〇一五年十二月に単行本化されており、本書はその文庫化である。

収められているのは七作品。どの話も冒頭に、植物名と説明の引用が提示されているが、それがまさに著者が読み、イメージの元となった文章だと考えてよいだろう。これらの短文からここまで物語世界を広げるとは、作家の想像力おそるべし。現代日本を映し出すような内容であったり、目をそむけたくなるくらいグロテスクな人間が登場したり、愛らしい小品であったりと、読み心地はさまざまだ。普段は現代社会を舞台にリアリスティックな人間たちを描くことの多い著者だが、このように空想力を自由に羽ばたかせ、さらにそれを物語に仕立て上げる筆力も持っていると分かる、新鮮な一冊である。

「にくらしいったらありゃしない」

モチーフとなるのは、コウモリラン、別名ビカクシダ。他の樹木に付着して成育するのが特徴で、昨今はインテリアとしても人気の羊歯植物だ。説明文でなるほどと思わせるのは、植物から養分を吸い取る寄生タイプではなく、あくまでもくっついているだけの着生タイプだということ。部屋数の多い一軒家に一人で暮らすさち子は、ひょんなことから山本くんという青年を下宿させるようになるが、確かに養っていくわけではない。山本くんに下宿を提案した際、彼が家主の人柄や生活ぶりを配慮する様子もなく、風通しがよく強い日差しが差し込まない部屋を選ぶあたり、まるで植物が着生しやすい場所を選んでいるようだ。互いに依存するでもなく、自分の生活を守りながら同居していくあたりはまさに「着生」と思わせる。しかし次第にさち子の心には変化が起き、やがて彼女は悲しい予感を抱く。このタイトルは本気で憎んでいるというより、寂しさからふと零れ落ちた言葉なのであろう。

「どうしたの?」「どうもしない」は二篇で対になっている。一人暮らしの年配男性と、彼の家の一階に居候する家出少女たち、双方の視点から描かれる。「どうしたの?」でモチーフとなるホテイアオイは増えていく少女たちのこと、「どうもしない」

のリトルサムライは男性のことだろう。ホテイアオイの説明の引用で印象的なのは「水がすこしばかりよごれていてもへいきです」。少女たちは一階のギャラリースペース、つまり生活用に作られたわけではない空間でも意に介せず、そこで暮らす。

「いろんなわたし」のモチーフはひなげし。多くの人が耳にしたことがある虞美人草(ぐびじんそう)(夏目漱石の小説のタイトルにもある)、ポピー(以前、同名の玩具メーカーもあった)やアマポーラ(同名のスペイン料理屋も多い)などが、すべて同じ花の名前だとは。引用説明にあるように〈眠りと忘却のシンボル〉でもあることから、眠り続ける少女の話になったと推測できるが、この花が世界中で愛されていることからか、母親の存分な愛情が感じ取れる、切なくも愛おしい内容となっている。

「村娘をひとり」には、多くの読者が度肝を抜かれたのではないか。モチーフとなるのはシッポゴケ属と、テラリウム。この話が際立ってグロテスクなのは、他の短篇が植物の生態をヒントにしているのに対し、これだけテラリウムという人工物が入ってきているからかもしれない。人に言えないような趣味を持つ二人の男女が、自らの欲望を満たすための計画を企てる。太一郎の望みは、幼い女の子を奪って去り、自分の部屋に迎え入れて思い通りにすること。菊乃の望みは、少女に〈女子割礼〉を施すこと。協力しあえば互いの願いが叶うといって、彼らは一人の少女に目星をつけ、誘拐しようとしているのだ。計画そのものも生理的嫌悪を催させるが、ささやくように会話をしながら、相手の耳に舌を入れるという彼らにとってのセックスも、正直気持ちいいものではない。それは、著者の描写のなせる技でもあるだろう。植物からしたら人間たちがセックスと称してしていることはこれくらいグロテスクなのかもしれないし、人間が趣味と称して彼らをテラリウムに閉じ込めることは、これくらい残酷に見えるのかもしれない。もちろんテラリウム自体を批判しているのではなく、その生々しさを強調しブラックな方向へ振り切っているからこそ、こうした作風になったのだろう。実行に移す前の過程にページの大半が割かれており、実行日が迫ってくると二人の目的意識が少しずつずれてくるあたりにも、人間の身勝手さが表れている。

ちなみに、この中篇に登場する『キルギスの誘拐結婚』『ある奴隷少女に起こった出来事』『わたしはノジュオド、10歳で離婚』などといった、過酷な現実を生きなければならなかった少女たちを追ったドキュメンタリーは実在する本であり、以前からこれを読んでいた著者自身の体験が、本作の着想を得た時に反映されたようだ。「どうしたの?」「どうもしない」も少女たちの生きづらさが描かれるが、それでもたくましく生きていってほしいという著者の思いが、意識してか無意識なのか、作品に潜められているようにも感じられる。それは次の「乙女の花束」でもうかがえるもの。

「乙女の花束」は掌篇の集まりから成る。コスモス、ひまわり、ほうせんか、けまんそう、はなきりん。この作品群は花言葉から発想を広げているようで、「ああ、この花が人間になったらこうなるかも」と素直に思えて微笑ましい。たとえば「私はあなただけを見つめる」が花言葉であり、実際に太陽のほうを向くと言われるひまわりを題材にした掌篇は、バンドアーティストに夢中になる少女の話だ。だが、冒頭の説明にさりげなく書かれてある「いつも太陽に向かうとはかぎりません」の一言が効いてくる展開にクスリ。

「趣味は園芸」のモチーフはイネ科のスズメノカタビラ。成長点が低いために短く刈られてもまた新しい葉や茎を出すというこの植物の性質が、主人公の自分にとって居心地のよい暮らしを模索して何度もやり直す姿、短期アルバイトを繰り返していく姿に重なっていく。以前WEB本の雑誌の「作家の読書道」というインタビュー連載で著者の読書遍歴と来し方を聞いていたのですぐにピンときたが、主人公の変遷は著者のそれと一致してる。後にご本人に訊いたところ、「この短篇集なら、私小説を入れてもいいんじゃないかと思いました」とのこと。内容はもちろん、枚数や構成も自由度の高い本作だからこそ、書けた短篇というわけだ。

社会と関わりを持つのが苦手だった主人公も、園芸を始めることで心の安寧を得ていく。趣味でガーデニングの経験がある人なら、その充足感を共有できるのではないだろうか（私もその一人だ）。日々少しずつ育っていく草花や樹木の姿は愛おしくなるし、黙々と土をいじる作業は心を空っぽにしてくれる。難しい種類でなければ、多少手を抜いたってそのまま育ってくれるところも頼もしい。もちろん、その姿かたちでも楽しませてくれる。時々、虫がついたり急にしおれたりして慌てさせられることもあるが、それも世話をする歓びに結びつく。本書の最終話が、主人公が植物によって新たな愉しみを見つけ、自分を受け入れる一歩を踏み出す内容であること自体に、植物たちへの愛情と感謝がうかがえる。

実際は動けず、話せず、人間のような感情を持たない植物たち。彼らを題材としたこの作品集を見渡した時、浮かび上がってくるのは人間の〝他者への欲望〟ではないだろうか。「にくらしいったらありゃしない」のさち子が最初は打算なく彼を下宿させたものの次第に意識していく様子はやはり人間臭い。「いろんなわたし」で献身的な愛情を注ぐ母親、そして自分の欲望にからめとられた男女が登場する「村娘をひとり」……。植物をモデルにした人物と対峙することとなった人間たちの自我の在り方は様々だが、みな、自分が生きる〝ため〟に誰かを必要としているようにも見える。ちなみに「どうしたの？」の〈わたし〉は人間のようだが、次の「どうもしない」で植物由来の人物造形だったのだと分かる。彼をはじめ本書のなかで植物由来の人物たちは、みな淡々と己の生をまっとうしようとしているように見える。本作の描写が時折グロテスクであったり生々しかったりするのは、それだけ、動物でも植物でも生きることは生々しいことなのだということを表していると感じるが、とりわけ「村娘をひとり」の人間たちの気味悪さは、人間の自我や他者への欲望のいびつさをデフォルメしているからこそ生まれたもの、ともいえる。人間は他者に何かを期待してしまうからややっかいなことになる。他者からどう思われようと、淡々と自分の生来の習性に従って生きていく植物たちの強さと大らかさへの憧憬を感じずにはいられない。

本書を読み終えた時、部屋に活けている花が、育てている樹木が、日々目に入る緑が、ほんの少し違って見えるようになる。あなたならどの植物と共生したいか。あるいは、どんな植物の生き方が理想的だろうか。そんな想像をめぐらすのも、読後の愉しみだ。

この作品は2015年12月徳間書店より刊行されました。
なお、本作品はフィクションであり実在の個人・団体などとは一切関係がありません。

徳間文庫

植物(しょくぶつ)たち

2019年3月15日 初刷

著者 朝倉(あさくら)かすみ
発行者 平野健一
発行所 株式会社徳間書店
東京都品川区上大崎三-一-一
目黒セントラルスクエア 〒141-8202
電話 編集〇三(五四〇三)四三四九
販売〇四九(二九三)五五二一
振替 〇〇一四〇-〇-四四三九二
印刷 株式会社廣済堂
製本 東京美術紙工協業組合

ISBN978-4-19-894445-2 (乱丁、落丁本はお取りかえいたします)